Tracey West ist Kinder- und Jugendbuchautorin und lebt mit ihrem Mann, drei Stiefkindern und zahlreichen Haustieren in New York.

Weitere Informationen zum Kinder- und Jugendbuchprogramm der S. Fischer Verlage, auch zu E-Book-Ausgaben, gibt es bei *www.blubberfisch.de* und *www.fischerverlage.de*

Tracey West

BATMAN
THE BRAVE AND THE BOLD™

LABYRINTH DER GEFAHREN

Aus dem Amerikanischen
von Christian Dreller

DU ENTSCHEIDEST SELBST!

FISCHER Taschenbuch

SFIS35738

MIX
Papier aus verantwortungsvollen Quellen
FSC® C083411

Erschienen bei FISCHER Kinder- und Jugendtaschenbuch
Franfurt am Main, Dezember 2015

Doppelband
Die beiden amerikanischen Originalausgaben erschienen 2010
unter den Titeln ›Batman – The Brave and the Bold.
Trapped in Time‹
und ›Batman – The Brave and the Bold. Trio of Terror‹
bei Grosset & Dunlap, a division of
Penguin Young Readers Group, New York
Für die deutschsprachige Ausgabe:

Covergestaltung: bilekjaeger, Stuttgart
Satz: Dörlemann Satz, Lemförde
Druck und Bindung: CPI books GmbH, Leck
Printed in Germany
ISBN 978-3-596-81277-6

GEFANGEN IN DER ZEIT

SCHMETTER!

Du verpasst dem Schlägertypen, der die Tür zum Gangsterversteck bewacht, einen Fausthieb an den Kopf. Augenblicklich sackt dein Gegner in sich zusammen und geht zu Boden.

Neben dir schaltet Black Canary dessen Komplizen mit einem Handkantenschlag in den Nacken aus. Ein zufriedenes Grinsen blitzt in ihrem Gesicht auf, als der Ganove stöhnend zusammenbricht.

»Das war leicht«, strahlt sie.

Dir ist jedoch noch nicht nach Feiern zumute. »Wir legen gerade erst los«, erwiderst du. »Wenn meine Informationen richtig sind, ist der Clock King kurz davor, Gotham City in ein schreckliches Chaos zu stürzen.«

»Dann haben wir keine Zeit mehr zu verlieren, schätze ich mal«, antwortet Black Canary. Sie öffnet die Tür und geht hindurch. Du folgst ihr dicht auf den Fersen.

Ihr habt den Clock King bis zu diesem alten Lagerhaus verfolgt, daher seid ihr nicht überrascht, dass der Raum, in den ihr gelangt, voller Uhren ist. Große Standuhren, runde Wecker, Kuckucksuhren, Uhren, die wie Tiere geformt sind … alle möglichen Uhren. Allerdings fällt dir auf, dass eine Art von Uhr fehlt: Digitaluhren.

Die Uhren ticken in perfektem Einklang vor sich hin. Durchdringend hallt ihr Geräusch von den Wänden wider. Doch dann durchschneidet eine Stimme mit deutschem Akzent das Ticken.

»Na, wenn das nicht die Schöne und die Fledermaus sind. Wie ich sehe, habt ihr mit Tick und Tack kurzen Prozess gemacht.«

Der Clock King tritt aus dem Schatten. Er hat einen roten Umhang und eine grüne Weste an, und auf seinem Kopf trägt er eine Krone. Sein Gesicht ist von einem Uhrenzifferblatt bedeckt, das zwar Zeiger, jedoch keine Ziffern hat.

»Was immer du diesen Losern auch zahlst, es ist zu viel«, flötet Black Canary mit lieblicher Stimme. Mit ihrem makellos blonden Haar und ihrer modischen Gangsterjäger-Uniform – sprich schwarzes Oberteil und schwarze Jacke, violette Strumpfhose und enganliegende schwarze Stiefel – sieht sie eher wie ein Las-Vegas-Star als wie eine Superheldin aus. Aber du weißt, wie überaus taff sie sein kann, und du bist froh, dass sie auf deine Bitte um Unterstützung reagiert hat.

»Das spielt keine Rolle«, erwidert Clock King. »Denn ihr kommt zu spät. In wenigen Minuten, wenn diese Uhren zwölf schlagen, wird der Lärm eine Vorrichtung auslösen, die Gothams Kraftwerk den Strom entzieht.«

»Warum, Clock King?«, fragst du. »Was genau versprichst du dir davon?«

»Weil die Zeit fliegt, Batman. Und in letzter Zeit ist sie viel zu schnell geflogen«, antwortet Clock King. »Das rasante Tempo der modernen Welt saugt uns allen die Seele aus dem Leib. Wer möchte schon in einer Welt leben, in der der kalte Schein einer Digitalanzeige die präzise Eleganz einer traditionellen Uhr ersetzt? Ich nicht, Batman.«

»Dann geh doch und leb im Wald, Clock King«, sagst du. »Aber reiß nicht ganz Gotham City zusammen mit dir in die Vergangenheit.«

»Aber dann wäre es doch ziemlich einsam«, sagt der Gangster traurig.

Du weißt, was du zu tun hast. Die Vorrichtung wird durch die Uhren aktiviert, also musst du sie zerstören … und zwar alle.

Schnell zückst du einen Batarang aus deinem

Ausrüstungsgürtel und schleuderst ihn auf eine Reihe von Uhren, die an der Wand hängen. Die Waffe zerstört ein Dutzend von ihnen, bevor sie in einem Bogen zu dir zurückgeflogen kommt.

Kaum hat der Batarang deine Hand verlassen, zwinkert Black Canary dir zu, und dir wird klar, dass auch sie begriffen hat. Kurzerhand wirft sie einer mit Uhren gespickten Wand eine Kusshand zu … allerdings keine normale Kusshand. Ein schallgetriebenes Projektil schlägt in der Wand ein, und die sich von der Einschlagstelle kreisförmig ausbreitenden Schockwellen zertrümmern sämtliche Uhren, die dort hängen.

»*Nein!*«, kreischt der Clock King. »Minutemen, Zeit zum Angriff!«

Die Türen der Standuhren schwingen auf und spucken eine kleine Armee schwarzgekleideter Handlanger aus. Einer von ihnen stürzt sich augenblicklich auf Black Canary und presst ihr eine Hand auf den Mund. Doch die Superheldin kontert, indem sie ihm ihren Ellenbogen in den Magen rammt. Stöhnend vor Schmerz krümmt der Angreifer sich zusammen und löst seinen Griff.

Black Canary öffnet den Mund und stößt einen schrillen Kanarienruf aus. Der Schallstoß zertrümmert sämtliche Uhren an einer weiteren Wand. Wütend fallen die anderen Minutemen des Clock King über sie her.

Mit wehendem Batcape schmeißt du dich ins Getümmel.

PAFF! KNIRSCH! Du rammst einem der Minutemen deine Faust direkt ins Gesicht.

RUMS! Einen zweiten wirfst du über die Schulter. Krachend schlägt er auf dem Boden auf.

SCHMETTER! KRACK! Zwei Minutemen kommen auf dich zugerannt. Du packst beide am Nacken und schmetterst ihre Köpfe zusammen. Benommen taumeln sie zurück.

Black Canary lässt noch eine Kusshand los, die weitere Uhren zertrümmert. Jetzt ist nur noch eine Wand übrig. Während du dir einen weiteren Minuteman mit einem Kinnhaken vom Leib hältst, wirfst du einen Blick auf die Digitaluhr an deinem Handgelenk. Nur noch dreißig Sekunden bis zwölf!

»Den Rest übernehme ich!«, rufst du Black Canary zu. »Dein Kanarienschrei könnte die Vorrichtung auslösen.«

Black Canary nickt. »Ich werde dir Deckung geben«, sagt sie und verpasst einem der Minutemen einen Karatetritt.

Deinen nächsten Zug vorhersehend, bringen sich Clock Kings Handlanger in einer Reihe vor den verbliebenen Uhren in Position. Rasch eilt dein suchender Blick durch das Lagerhaus, bevor du einen Greifhaken samt Kabel aktivierst, der an deinem Ausrüstungsgürtel befestigt ist. Im nächsten Moment schießt der Greifhaken in die Luft, wo seine Krallen an einem Metallträger an der Decke Halt finden. Du drückst auf einen Knopf. Augenblicklich reißt dich das Kabel in die Höhe. In der nächsten Sekunde hast du dich auch schon über die Köpfe der Minutemen hinweggeschwungen und krachst mit deinen Stiefeln voran in die Uhrenwand.

Gleich darauf landest du wieder auf dem Boden … direkt vor dem Clock King.

»Dein Plan war reine Zeitverschwendung, Clock King«, sagst du.

Der Gangster drückt auf einen Knopf in der Wand. Eine Tür gleitet auf und gibt den Blick auf eine riesige Maschine mit blinkenden roten und blauen Knöpfen frei.

»Aber die Zeit ist auf meiner Seite, Batman«, sagt der Clock King. »Ich brauche meine wunderschönen Uhren gar nicht, um die Maschine zu aktivieren. Das kann ich auch selbst erledigen. *Auf Wiedersehen!*«

Der Clock King zieht sich in den Raum zurück, und die Tür beginnt augenblicklich zuzugleiten.

»Jetzt werde ich aber langsam sauer«, sagst du. Du stürzt hinter ihm her, aber zwei von Clock Kings Handlangern packen dich und halten dich zurück. Du schüttelst sie ab, besorgt, dass sich die Tür gleich schließen wird. Aber als du aufblickst, siehst du Black Canary schon in der Türöffnung stehen.

»Donnerwetter, du hast ja flinke Beine, Black Canary«, staunst du.

»Da solltest du mich erst einmal tanzen sehen«, erwidert sie grinsend.

»Später vielleicht«, sagst du.

»Oh, na schön«, antwortet Black Canary.

Als ihr beide gleich darauf durch die offene Tür stürmt, seht ihr, wie der Clock King am Bedienpult der Maschine herumhantiert. Du zielst mit einem Batarang auf seine Hände, während Black Canary herumwirbelt und ihm einen Karatetritt in den Bauch verpasst, der ihn zu Boden schickt.

In Windeseile verpasst du dem Clock King Handschellen, um ihm dann der Obhut Black Canarys zu überlassen und die Maschine unbrauchbar zu machen. In Begleitung Black Canarys bringst du den Clock King dann aufs Polizeirevier.

»Im Gefängnis wirst du jede Menge Zeit haben«, sagst du zum Clock King.

»Bis zum nächsten Mal, Batman« knurrt der Clock King, als er abgeführt wird.

Prompt wendet sich Black Canary an dich. »Was ist jetzt mit dem Tanz?«

Die Kommunikationsvorrichtung in deiner Maske beginnt zu piepen. Im nächsten Moment hörst du schon Aquamans Stimme in deinem Ohr.

»Batman, alter Freund! Ich habe hier ein kleines Problem. Ich werde eigentlich allein damit fertig, aber ich dachte, dir könnte die Herausforderung vielleicht gefallen.«

Aquamans Ego würde es ihm normalerweise nicht gestatten, um Hilfe zu bitten … wenn er sich also an dich wendet, muss es etwas Ernstes sein, so viel ist dir klar.

»Ich bin gleich da«, sagst du. Du beendest die Kommunikation und wendest dich an Black Canary. »Ich nehme einen Gutschein für den Tanz. Aquaman braucht meine Hilfe.«

Aber ehe du auch nur einen Schritt machen kannst, erfüllt der Lärm einer gewaltigen Explosion die Luft. Gleich darauf erwacht der Polizeifunkempfänger knisternd zum Leben.

»Explosion in Downtown! Brand in einem Lagerhaus«, meldet ein Officer.

»Da könnte jemand dahinterstecken, der was Übles im Schilde führt«, sagt Black Canary.

»Ganz deiner Meinung«, sagst du. Aber jetzt bist du hin und her gerissen. Normalerweise würdest du auf der Stelle zum Ort der Explosion eilen, doch auch Aquaman braucht deine Hilfe. Du kannst nicht an zwei Orten gleichzeitig sein.

Black Canary muss deine Gedanken gelesen haben.

»Ich kann mich um die Explosion kümmern, wenn du willst«, schlägt sie vor. »Oder du schickst mich zu Aquaman. Deine Entscheidung.«

Wenn du dich selbst um Aquamans Hilferuf kümmern
und Black Canary zum Ort der Explosion schicken willst,
lies weiter auf Seite 40.
Möchtest du die Explosion lieber selbst untersuchen,
fahre auf Seite 59 fort.

Fortsetzung von Seite 85

Du beschließt, es darauf ankommen zu lassen. Du bringst die Sprengladung am Tank an, stellst den Zeitzünder ein und schwimmst so schnell du kannst von dem Bohrer weg.

KA-WUUM! Kaum hast du es bis zu Aquaman geschafft, hörst du eine gewaltige Explosion.

»Das war bei weitem mehr, als nötig gewesen wäre, mein Freund«, sagt Aquaman. »Du hast ein Erdbeben ausgelöst.«

»Schnell! Zum U-Boot!«, sagst du.

Ihr beide schwimmt zum U-Boot zurück. Kaum seid ihr wieder aufgetaucht, transformierst du das Gefährt wieder in einen Düsenjet. Während ihr dann über dem Ozean dahinfliegt, siehst du, wie unter euch das Wasser anschwillt, als sich eine gigantische Welle zu bilden beginnt.

»Sieht aus wie ein Tsunami, Batman«, sagt Aquaman. »Das ist nicht das Ende, das ich mir vorgestellt habe, wenn ich einmal die Geschichte dieses Abenteuers erzähle.«

Ein Tsunami kann große Zerstörungen an der Küste anrichten. Du musst die Monsterwelle aufhalten, aber dazu hast du nicht die Macht. Zum Glück jedoch kennst du jemanden, der sie hat.

»Green Lantern. Ich brauche deine Hilfe«, sprichst du in dein Funkgerät.

Wenige Minuten später kommt ein Mann mit rotem Bürstenhaarschnitt und grüner Uniform auf euch zugeflogen. Schließlich schwebt er neben dem Jet in der Luft und nickt dir zu. Er hat die Welle gesehen, die sich mittlerweile zu einer haushohen Wasserwand aufgetürmt hat.

Green Lantern, alias Guy Gardner, wendet sich der Riesenwelle zu und bringt das Licht aus seinem grünen Ring zum Leuchten. Im nächsten Augenblick hat es die Welle schon eingehüllt und sie abgebremst. Dann schießt das Licht samt der Welle in einer wirbelnden Spirale dem Himmel entgegen, um sogleich als sanfter Regen wieder auf das Meer hinabzurieseln.

»Danke«, sagst du zu Guy Gardner.

Aquaman blickt besorgt aus dem Cockpitfenster. »Ach, du allmächtiger Neptun! Da an der Küste sind ja Hunderte von Meereslebewesen gestrandet. Wir müssen sie retten!«

Du bist gerade im Begriff, den Jet Richtung Küste zu lenken, als ein kleines Raumschiff aus dem Wasser geschossen kommt. Es ist Kanjar Ro … und er ist dabei zu entkommen.

Wenn du Kanjar Ro verfolgen willst,
lies weiter auf Seite 92.
Möchtest du Kanjar Ro lieber entkommen lassen und Aquaman helfen, die Meeresbewohner zu retten,
mache auf Seite 111 weiter.

Fortsetzung von Seite 64

Du entscheidest dich dafür, Carter zu vertrauen ... Schließlich sind Monguls Kräfte ja schon enorm genug. Es wäre wirklich mehr als schwierig, es ganz allein mit ihm aufzunehmen. Wenn es Carter jedoch gelingt, sich den Ring zu schnappen, könntest du eine Chance haben.

»Dein Machtstreben macht dich gierig, Mongul«, sagst du, um Zeit für Carter zu gewinnen. »Und die Gier wird eines Tages noch dein Untergang sein.«

Hinter Monguls Rücken öffnet Carter die Vitrine. Doch gerade als er den Ring herausnimmt, wirbelt Mongul zu ihm herum.

»Was machst du da?«, blafft er.

»Lauf, Carter!«, schreist du. Doch der hat etwas anderes vor. Er lässt den Ring auf seinen Finger gleiten.

Du bist überrascht. Ob er es vielleicht die ganze Zeit einzig und allein auf die Macht des Ringes abgesehen hat oder ob er nur versucht, sich allein gegen Mongul zu verteidigen, da bist du dir nicht ganz sicher. Auf jeden Fall ist es zu spät, etwas dagegen zu unternehmen. Vor deinen Augen beginnt Carter sich zu verwandeln. Immer breiter und größer wird er, bis sein Kopf fast die Decke berührt und sein ganzer Körper auf einmal in einem seltsamen schwarzen Schattenlicht erglüht.

»Du Narr!«, knurrt Mongul und verpasst Carter einen Energiestoß aus seinen grünen und gelben Kraftringen. Aber ihr Licht wird nur von den schwarzen Schatten, die Carter umhüllen, absorbiert, ohne sonst irgendeine Wirkung zu zeigen.

Ein Grinsen macht sich auf Carters Gesicht breit. Es sieht auf einmal anders aus … irgendwie teuflisch.

Er hebt die Arme und lässt Wellen schwarzer Energie aus seinen Fingerspitzen schießen.

Ihre Wucht wirft den verblüfften Mongul zu Boden. Mit letzter Kraft hebt er die Arme, woraufhin seine Kraftringe erneut grüne und gelbe Lichtwellen aussenden. Doch diesmal sind sie nicht auf Carter gerichtet. Vielmehr erzeugt er mit ihnen ein weiteres Raum-Zeit-Portal.

Du willst Mongul nicht entkommen lassen. Aber du musst dir etwas einfallen lassen, um Carter aufzuhalten. Wenn du Mongul durch das Portal folgst und Carter zurücklässt, könnte er alles um sich herum vernichten. Du musst den Ring von seinem Finger bekommen, die Frage ist nur wie? Du willst ihn nach Möglichkeit nicht verletzen. Schließlich ist er tief in seinem Inneren ein guter Kerl. Rasch wägst du deine Optionen ab.

Wenn du Mongul an der Flucht hindern willst,
lies weiter auf Seite 44.
Entscheidest du dich, zuerst Carter zu schnappen
und mit dir durchs Portal zu ziehen,
fahre auf Seite 101 fort.

Fortsetzung von Seite 52

Carter ist ein einfacher Museumswächter, der über keinerlei Selbstbeherrschung verfügt ... jemand mit deinem Training kann die Kräfte des Ringes bestimmt kontrollieren. Du beschließt, es darauf ankommen zu lassen, und steckst dir den Ring an den Finger.

Augenblicklich spürst du, wie die Macht durch deinen Körper fließt. Du fühlst dich größer, stärker, so als ob du alles tun könntest.

»Woah, Batman«, sagt Carter. »Da ist ein schwarzer Schatten um dich herum.«

Mit Leichtigkeit zerreißt du die Handschellen und erhebst dich. »Du konntest die Kräfte des Ringes nicht kontrollieren, Carter«, sagst du und hörst deine Stimme als Echo durch das Gefängnis hallen. »Aber ich kann es.«

Du brichst Carters und Kamandis Handschellen entzwei. Dann zielst du auf die Gitterwand eures Käfigs. Schwarzes Licht schießt aus deinen Händen, und die Gitterstäbe schmelzen.

Ein Schwarm Rattenwachen stürmt auf euch zu, bleibt aber plötzlich vor euch stehen, um sich entsetzt vor dir niederzukauern. Die Handfläche nach oben gerichtet, streckst du deinen rechten Arm aus und hebst die Hand. Die Ratten schweben in die Höhe, als würden sie von unsichtbaren Fäden emporgezogen, bevor du sie hart auf den Boden aufschlagen lässt.

»Befreit die Menschen!«, rufst du.

Eine kurze schwungvolle Handbewegung, und die Gefängniskäfige brechen auseinander. Rasch kommen die dankbaren Häftlinge herausgeströmt, um sich Kamandi anzuschließen.

»Danke, Batman«, sagt Kamandi. »Du hast uns gerettet.«

»Und jetzt ist es an mir, euch zu regieren«, rufst du mit Donnerstimme. Deine eigenen Worte überraschen dich. Irgendwo im Hinterkopf weißt du, dass das, was du tust, falsch ist. Aber es fühlt sich so richtig an. Du bist stark! Du bist mächtig! Alle Kreaturen sollten sich vor dir verbeugen!

»Ähm, bist du okay, Batman?«, fragt Carter.

»Mir geht's besser als jemals zuvor«, antwortest du.

Tief in deinem Inneren wünschst du, Carter oder

Kamandi wären stark genug, um dir den Ring abzunehmen und dich zu retten. Aber du weißt, dass sie es nicht sind.

»Alle sollen sich vor Batman verneigen!«

ENDE

Fortsetzung von Seite 77

Du begibst dich zu einem Bedienpult mit blinkenden Lichtern und tippst den Code ein, den Kanjar Ro dir gegeben hat.

Der Raum beginnt zu beben. »Du Narr!«, lacht Kanjar Ro. »Hast du wirklich geglaubt, dass ich den Code so leicht rausrücken würde? Das, was du da gerade eingegeben hast, ist die Selbstzerstörungssequenz für meine Inselbasis. Wir gehen alle gemeinsam zugrunde, Batman!«

Aquaman packt Kanjar Ro an der Gurgel. »Sag uns, wie man das stoppt, du Teufel!«

Kanjar Ro lacht jedoch einfach weiter, und dir ist klar, dass er nicht weich werden wird. Du wendest dich wieder dem Kontrollpult zu und versuchst, dich ins System zu hacken.

Dann hörst du eine Stimme hinter dir.

»Sieht aus, als könntest du ein wenig Hilfe brauchen, Batman.«

Du drehst dich um, und zu deiner Überraschung siehst du Black Canary vor dir!

»Bei der Explosion hat es sich nur um einen normalen Lagerhausbrand gehandelt«, sagt sie. »Ich habe deine Spuren bis hierher verfolgt. Und wie's aussieht, bin ich keine Sekunde zu früh gekommen.«

»Ich versuche gerade, den Code herauszubekommen, um die Selbstzerstörungssequenz zu stoppen«, erklärst du.

»Überlass das mir«, sagt Black Canary, während sie sich zu Kanjar Ro begibt und ihm dann etwas ins Ohr flüstert. Kanjar Ro verzieht das Gesicht zu einer Grimasse.

»Nein! Nein! Bitte aufhören!«

»Ich höre erst auf, wenn du mir den Code gibst«, erwidert Black Canary.

»Na schön«, sagt Kanjar Ro. »Hauptsache, dieses schreckliche Getrillere in meinem Ohr hört auf.«

Kanjar Ro gibt dir die korrekten Codes. Du gibst sie ein und kannst sowohl die Insel vor der Selbstzerstörung bewahren als auch den Bohrer deaktivieren.

»Danke für eure Hilfe«, sagt Aquaman zu euch. »Ich sollte daran denken, euch mit zu erwähnen, wenn ich die Geschichte dieses aufregenden Abenteuers erzähle!«

»Und vergiss dabei nicht, wie klasse meine Haare aussehen«, ermahnt Black Canary ihn.

Aquaman winkt euch noch einmal zu, bevor er wieder ins Meer hinabtaucht; und als dann die Sonne wieder am Horizont auftaucht, bringen du und Black Canary Kanjar Ro zur Liga der Gerechten, damit sie sich um seine sichere Verwahrung kümmert.

Du bist zufrieden mit dir. In weniger als vierundzwanzig Stunden hast du den Clock King und Kanjar Ro aufgehalten. Es war ein guter Tag für die Gerechtigkeit!

ENDE

Fortsetzung von Seite 82

»Äh, wohin genau führen diese Portale eigentlich?«, fragt Carter.

»Ich bin nicht ganz sicher«, gestehst du. »Eines sollte zurück nach Metropolis ins fünfundzwanzigste Jahrhundert führen. Ich hoffe, dass Mongul durch das andere zurück nach Gotham City geflohen ist, wo das Ganze angefangen hat.«

Carter nickt. »Welches ist also welches?«

»Keine Ahnung«, sagst du. »Aber immerhin haben wir eine Fifty-fifty-Chance, dass wir am Ende da landen, wo wir hingehören.«

»Ich riskier's«, sagt Carter und streckt dir die Hand entgegen. »Danke für alles, Batman.«

»Gern geschehen, Booster«, erwiderst du.

»Booster? Wer ist das denn?«, fragt Carter.

Ups, da ist dir ein Ausrutscher passiert. Du hast Carter mit seinem Superheldennamen angesprochen – dem Superheldennamen, den er in der Zukunft erst noch bekommen wird.

»Ach, nur jemand, an den du mich erinnerst«,

ziehst du dich aus der Affäre. »Viel Glück, Carter.«

Du trittst vor das linke Portal und Carter vor das rechte.

Du wirfst jeweils eine elektromagnetische Impulsgranate in das Schattenbild der Portale und erweckst sie damit zum Leben.

Dann springst du.

Das wirbelnde Portal schleudert dich durch Raum und Zeit. Bei der Landung schlägst du hart auf dem Beton eines Gehwegs auf. Du bist benommen, aber nicht verletzt. Als du dich umblickst, erkennst du, dass du wieder zurück in Gotham City bist. Die Feuerwehrleute sind immer noch dabei, den Lagerhausbrand zu löschen.

Eine seltsame Reise liegt hinter dir, und du bist froh, wieder zu Hause zu sein. Aber eine Sache ist noch zu erledigen.

Du musst den Kristallring an einen sicheren Ort bringen – dahin, wo niemand ihn jemals finden und in eine Museumsvitrine legen kann.

ENDE

Fortsetzung von Seite 110

Du schließt die Augen und tust so, als wärst du k. o. gegangen. Der Carter, den du kennst, ist nicht gerade der Hellste … und außerdem so was von ruhmsüchtig. Wenn du richtigliegst, wird er erst einmal einige Zeit damit verplempern, sich mit seinem Sieg zu brüsten.

Du hörst, wie Carter mit stampfenden Schritten auf dich zukommt. Gleich darauf spürst du die von seinem Körper ausstrahlende Hitze, als er schließlich neben dir steht und auf dich herabblickt.

»Siehe da, der mächtige Batman!«, brüllt er. »Und ich, Michael Carter, habe ihn auf die Knie gezwungen!«

Das ist genau das, worauf du gehofft hast. Als Carter auf die Menge der ängstlichen Schaulustigen blickt, springst du auf und packst ihn am Handgelenk.

»Kleine Jungen sollten nicht mit Erwachsenensachen spielen«, sagst du und zerrst ihm den Ring vom Finger.

Ungläubig blickt Carter dich an, während der schwarze Schatten um seinen Körper schwindet. Gleich darauf ist Carter wieder auf seine normale Größe geschrumpft.

»Was ist passiert?«, fragt er.

Im nächsten Moment kommen drei Museumswächter angestürmt. Misstrauisch beäugen sie euch beide.

»Bist du okay, Carter?«, fragt einer.

»Ich glaube schon«, antwortet er. »Da war so 'n komischer Typ, der mich nach einem Ring gefragt hat, und ...«

Da entdeckt einer der Wächter den Ring in deiner Hand. »Hey, der ist aus der Edelsteinausstellung! Er ist ein Dieb!«

Die Wachen gehen auf dich los, und blitzartig wird dir klar, dass es wohl ziemlich schwer werden könnte, sie davon zu überzeugen, dass du in Wirklichkeit ein Superheld auf Zeitreise bist. Also wirfst du ihnen eine Rauchbombe vor die Füße und rennst im Schutz der Rauchwolke aus dem Museum.

Du schaffst es wohlbehalten nach draußen, doch es gibt ein Problem: Das Zeitportal ist verschwunden. Eine Sekunde lang drohst du den Mut zu verlieren ... doch dann erinnerst du dich an den Kristallring.

»Ist einen Versuch wert«, murmelst du und richtest den Ring auf die Stelle, wo sich zuvor das Zeitportal befunden hat.

Der Ring sendet ein strahlendes Licht aus, und gerade noch rechtzeitig erscheint direkt vor dir das Raum-Zeit-Portal. Die Museumswächter schon dicht auf den Fersen, springst du hinein.

Das Portal wirft dich wieder in Gotham City beim Lagerhaus aus, wo das Feuer mittlerweile gelöscht ist und die verkohlten Überreste immer noch vor sich hin schwelen. Du wirst einen sicheren Ort für den Ring finden müssen, bevor er womöglich Mongul in die Hände fällt.

ENDE

Fortsetzung von Seite 74

Du weißt, dass du dich auf Aquaman verlassen kannst, was das Wissen über Meereslebewesen anbelangt. Also bist du einverstanden, dass er seine Freunde zu Hilfe ruft.

Aquaman schließt die Augen und setzt seine telepathischen Fähigkeiten ein.

»Sie werden jede Minute hier sein«, sagt Aquaman, als er schließlich wieder die Augen öffnet.

»Das hoffe ich«, antwortest du. Das Wasser reicht dir mittlerweile bis zu den Knien, und der Sauerstoff wird langsam knapp.

Aber wie sich zeigt, soll Aquaman recht behalten. Wenige Minuten später hörst du, wie von draußen ein Loch ins Metall geschnitten wird. Als du dich dann durch das fertige Loch nach draußen zwängst, siehst du zu deiner Überraschung eine Schule von Haien vor dir … Haie mit schimmernden Stahlzähnen, die geduldig auf euch warten.

Aquaman kommt hinter dir herausgeschwommen. »Guter Job, Kumpels!«, sagt er zu den Haien.

»Und nun kehrt wieder in meinen Palast zurück. Dort wartet eine ganz besondere Belohnung auf euch.«

Gehorsam schwimmen die Haie davon.

»Stahlzähne?«, fragst du Aquaman.

»Ich habe sie aus einer geheimen Militärbasis gerettet. Sie waren sehr dankbar«, erklärt Aquaman.

Du schwimmst an die Meeresoberfläche und nimmst deinen Helm ab. »Kanjar Ro muss hier oben irgendwo in der Nähe eine Basis haben«, sagst du.

»Nur wenige Kilometer von hier entfernt gibt es eine kleine Insel«, sagt Aquaman.

Du nickst. »Auf geht's!«

Du tauchst wieder unter Wasser und kehrst an Bord deines U-Bootes zurück. Aquaman schwimmt neben dir her. Nach einer Weile macht er plötzlich Halt und bedeutet dir aufzutauchen.

Kaum hast du das U-Boot wieder aufsteigen lassen, nimmst du eine kleine Insel mit einem Betongebäude wahr, das von einem Metallzaun umgeben ist.

»Nicht weit von hier habe ich eine Rohrleitung entdeckt«, sagt Aquaman. »Sie führt vermutlich direkt in die Basis.«

Zugegeben, Aquaman konnte bisher mit ein

paar guten Ideen aufwarten, aber du bist nicht sicher, ob du dich gleich schon wieder unter Wasser begeben willst.

»Wir können auch über den Zaun klettern und dann übers Dach ins Gebäude eindringen«, schlägst du vor.

»Deine Entscheidung, Batman«, erwidert Aquaman.

Willst du dein Glück mit dem Dach versuchen,
lies auf Seite 75 weiter.
Entscheidest du dich für die Unterwasserpipeline,
fahre auf Seite 95 fort.

Fortsetzung von Seite 64

Du bist nicht bereit, dein Vertrauen in einen Wachmann zu setzen, der sich noch nicht einmal zu einem zweitklassigen Superhelden gemausert hat. Kaum hat Carter die Vitrine geöffnet, schleuderst du einen Batarang auf den Ringständer. Einen Wimpernschlag später kommt die Waffe samt Ring zu dir zurückgewirbelt. Du streckst schon die Hand danach aus, aber Mongul ist schneller. Blitzschnell schnappt er sich den Ring aus der Luft, als er an ihm vorbeigesaust kommt.

Grinsend hält Mongul den Ring gegen das Licht. Noch nie zuvor hast du einen so funkelnden und glitzernden Kristall gesehen

»All diese Macht, und sie gehört mir allein!«, brüllt Mongul. Er lässt den Ring auf seinen linken Zeigefinger gleiten, woraufhin ein schillerndes Licht aus dem Kristall erstrahlt und in allen Farben des Regenbogens Monguls Körper umhüllt. Vor deinen Augen verwandelt er sich von einem Wesen aus Fleisch und Blut in eine Kreatur aus reinem Licht.

»Jetzt bin ich allmächtig!«, hallt Monguls dröhnende Stimme durch den Raum. Er schnippt mit den Fingern. Direkt vor ihm öffnet sich ein wirbelndes Portal, und im nächsten Augenblick ist er auch schon hineingesprungen. Ohne nachzudenken, hechtest du hinterher.

Dieses Mal spuckt dich das Portal nicht auf einer Straße in irgendeiner Stadt aus.

Um dich herum ist nichts als Schwärze, und deine Füße berühren nicht den Boden … du schwebst im leeren Raum.

Dann fällt dir auf, dass keinerlei Sterne zu sehen sind, sondern nur regenbogenfarbene Lichtstreifen, die sich überall um dich herum wie lebende Wesen bewegen und verändern. Und dir wird bewusst, dass du problemlos atmen kannst. Also kannst du nicht im Weltraum sein. Du musst dich in einer anderen Dimension befinden.

Mongul bemerkt dich nicht einmal. Er starrt auf etwas, bei dem es sich um eine Ansammlung winziger Planeten zu handeln scheint, die sich vor ihm im Kreis drehen. Er sieht völlig gebannt zu, wie ein kleines Kind, das verzückt das Schaufenster eines Spielzeugladens betrachtet.

»Sie alle sind … mein!«, sagt er fassungslos. »Das

ganze Universum gehört mir, und ich kann damit herumspielen, wie es mir gefällt. Ich kann den Arm ausstrecken und eine ganze Welt mit nur einer Hand zerquetschen! Ich kann Hunderte Welten zerquetschen. Und Abermillionen weitere, wenn ich es will!«

»Tu's nicht, Mongul«, sagst du. »Wozu ist deine ganze Macht gut, wenn niemand mehr da ist, um dich zu verehren und dir zu gehorchen?«

Mongul denkt einen Augenblick darüber nach. »Du verdirbst mir den ganzen Spaß, Batman«, sagt er schließlich. »Vielleicht sollte ich als Erstes dich zerquetschen, damit ich dich nicht mehr wie ein lästiges Insekt in den Ohren summen höre.«

Er wendet sich dir zu, und du versuchst, dich mit einem Sprung zur Seite aus der Gefahrenzone zu bringen. Aber dein Körper bewegt sich in diesem interdimensionalen Raum nur langsam und unbeholfen.

Du wirst alle deine Fähigkeiten einsetzen müssen, wenn du auch nur die geringste Chance haben willst, ihn zu besiegen. Du könntest auf die alte tibetanische Technik der Astralreise zurückgreifen, durch die sich dein Geist lösen und den langsamen Körper zurücklassen würde. Aber dabei besteht auch immer das Risiko, dass man nicht mehr in der Lage ist, in den eigenen Körper zurückzukehren. Vielleicht ist aber auch nicht mehr erforderlich als ein tiefer Atemzug aus der Sauerstoffmaske.

Willst du dein Glück mit einer Astralreise versuchen,
lies weiter auf Seite 46.
Benutzt du lieber deine Sauerstoffmaske,
fahre auf Seite 86 fort.

Fortsetzung von Seite 15

»Du kümmerst dich um die Explosion und setzt dich dann wieder mit mir in Verbindung«, sagst du zu Black Canary. »Ich helfe inzwischen Aquaman.«

Du schwingst dich ins Batmobil und transformierst es per Tastendruck in einen Düsenjet.

Kurze Zeit später hast du die Küste erreicht. Der Vollmond scheint über dem Meer. Es ist ein schöner Anblick, aber du weißt, dass Gefahr in der Tiefe lauert und es keine Zeit zu verlieren gilt.

Dicht über dem Wasser schwebend, verwandelst du dein Flugzeug in ein Mini-U-Boot. Dann lässt du es in der unruhigen See in die Tiefe sinken.

Als du gleich darauf den Scheinwerfer aktivierst, um die Dunkelheit zu durchdringen, bist du erleichtert, als Aquaman in den Lichtkegel geschwommen kommt. Wie nicht anders zu erwarten, trägt er seinen unverwechselbaren orange-grünen Neoprenanzug mit den grünen Handschuhen. Das Meerwasser durchströmt sein blondes Haar und den blonden Bart, als er auf dich zusteuert.

Schnell setzt du dir einen Atemhelm auf und verlässt das U-Boot.

»Schön, dich zu sehen, alter Freund!«, ruft Aquaman und klopft dir auf den Rücken.

Hunderte Meereslebewesen schwimmen an dir vorbei: Fische, Aale, Delphine und Haie. Sie bewegen sich rasch voran, als würden sie vor irgendetwas fliehen.

»Was ist das Problem?«, fragst du.

»Folge mir«, antwortet Aquaman nur.

Er dreht sich um und übernimmt die Führung. Froh, dass dein Batanzug wasserdicht ist, folgst du ihm. Zunächst ist es noch dunkel, doch schon bald nimmst du ein helles Licht in der Ferne wahr. Schließlich hält Aquaman an und weist mit einem Nicken auf das Licht.

Es kommt von einer riesigen Maschine … einer Maschine, die so groß wie ein kleines Gebäude ist. Als sich deine Augen an die Helligkeit angepasst haben, erkennst du, dass es sich um eine große Bohrvorrichtung handelt, die sich geradewegs in den Meeresboden vorarbeitet.

»So etwas habe ich noch nie zuvor gesehen«, sagt Aquaman. »Na ja, stimmt nicht ganz. Es erinnert mich an die Zeit, als ich ein paar Typen das

Handwerk gelegt habe, die ein illegales Unterwasserbergwerk betrieben haben. Habe ich dir die Geschichte eigentlich schon mal erzählt? Ich nenne sie ›Aquaman und die illegalen Unterwasserbergwerks-Typen‹.«

»Ich denke nicht, dass ich die schon gehört habe«, sagst du. »Aber ich glaube nicht, dass das illegale Schürfer sind. Vor allem, weil dieser Bohrer nicht von Menschen gebaut wurde. Das ist Alien-Technik.«

»Wusste ich doch«, erwidert Aquaman. »Ich wollte dich nur testen und sehen, ob du imstande bist, das selbst herauszufinden.«

Du zeigst auf ein rundes Symbol, das auf der Seite des Bohrers prangt. »Dann weißt du also, wer hinter diesem Zeichen steckt? Es ist Kanjar Ro.«

»Na klar!«, antwortet Aquaman schnell. »Äh, Kanjar wer?«

»Er ist ein außerirdischer, machthungriger Diktator«, erklärst du. »Ich bin nicht sicher, was er hier gerade auf der Erde treibt. Aber es sieht nicht gut aus.«

»Ganz deiner Meinung«, sagt Aquaman. »Wir müssen das Bohrgerät einfach nur in die Luft jagen. *KA-WUMM!* Und das Problem ist gelöst.«

Du weißt, dass dein Freund seine Angriffe nur allzu gerne mit einer großen Show in Szene setzt. Aber du bist nicht sicher, ob das auch in diesem Fall die beste Vorgehensweise ist. »Wir müssen erst einmal die Lage sondieren«, gibst du zu bedenken. »Herausfinden, wodurch der Bohrer angetrieben wird. Dann werden wir wissen, wie er sich am besten ausschalten lässt.«

»Aber wir haben keine Zeit, Batman!«, widerspricht Aquaman. »Wir müssen schnell handeln … bevor Kanja Ros Bohrer auf das stößt, wonach der Typ sucht.«

Wenn du mit Aquamans Vorschlag einverstanden bist und versuchen willst, den Bohrer zu zerstören, lies auf Seite 70 weiter.
Willst du erst einmal die Lage auskundschaften, fahre auf Seite 83 fort.

Fortsetzung von Seite 21

Du beschließt, erst Carter außer Gefecht zu setzen und dir den Ring zu schnappen, während er ohnmächtig ist. Du schießt einen Greifhaken auf einen großen Kronleuchter ab, der über der Edelsteinausstellung hängt. Mit aller Kraft zerrst du dann an dem Seil, das am Greifhaken befestigt ist, und der Kronleuchter kracht auf Carter herab.

Carter stürzt zu Boden … springt aber gleich wieder auf die Beine. Er hat viel mehr Kraft, als du gedacht hättest. Ausgeschlossen, dass du ihn nur mit den Waffen und Geräten an deinem Ausrüstungsgürtel ausschalten kannst.

Dann fällt dir ein, dass das ja auch gar nicht erforderlich ist. Schließlich befinden sich die besten Waffen der Superhelden aus dem einundzwanzigsten Jahrhundert allesamt unten in der Superheldenausstellung.

So schnell du kannst, stürmst du die Treppe hinunter und begibst dich in die Ausstellung, die sich in puncto Waffen als wahre Fundgrube erweist.

Aber du hast keine Zeit, hier zu verweilen und die Museumsstücke zu bewundern. Es sind zwei Waffen, die dir jetzt im Moment am geeignetsten zu sein scheinen: Wonder Womans Lasso und Green Arrows Pfeile und Bogen.

Schreie hallen hinter dir durch die Museumsräume, als die Besucher vor Carter fliehen, der offensichtlich geradewegs auf die Ausstellung zusteuert. Du musst dich entscheiden … und zwar sofort!

Entscheidest du dich für Wonder Womans Lasso,
lies auf Seite 53 weiter.
Verlässt du dich lieber auf Green Arrows Pfeile und Bogen,
fahre auf Seite 109 fort.

Fortsetzung von Seite 39

Du schließt die Augen und konzentrierst dich, wohl wissend, dass du keine Zeit zu verlieren hast. Denn Mongul zielt schon mit seiner rechten Hand auf dich.

SCHLÜPF! Dein Geist verlässt den Körper gerade noch rechtzeitig. Eine regenbogenfarbige Lichtwelle trifft deinen Körper, der gleich darauf verschwindet. Du bist nicht sicher, was mit ihm passiert ist, aber darum wirst du dir später Gedanken machen müssen. Jetzt musst du Mongul erst einmal davon abhalten, das Universum zu vernichten.

Zufrieden, dass er dich vernichtet hat, fängt Mongul an zu lachen. Noch hat er deinen Geist nicht gesehen. Du fliegst dicht hinter ihm her und bist erstaunt, wie schnell du dich nun voranbewegen kannst. In diesem interdimensionalen Raum scheint dein Geist hervorragend zurechtzukommen. Probehalber greifst du in Gedanken nach einer der Regenbogenlichtwellen, die dich umgeben. Sie reagiert auf deinen Griff. Du lässt sie wie ein

Lasso herumwirbeln und schlingst sie um Monguls Körper.

Knurrend durchbricht er die Lichtfessel. »Wer war das?«

Blitzschnell fliegst du wieder hinter ihn, um dich zu verstecken.

Mongul ist verwirrt.

»Zeig dich!«, brüllt er mit donnernder Stimme.

Du streckst die Hand aus und packst zwei weitere Lichtwellenstränge. Dieses Mal schlingst du je einen um Monguls Handgelenke, bevor du rasch über seinen Kopf hinwegsaust und dich ihm gegenüber in Position bringst.

»Batman? Aber ich habe dich doch auf einen anderen Planten verbannt!«, sagt Mongul.

»Aber nicht alles von mir«, antwortest du. Dann streckst du die Arme aus, und der Kristallring fliegt von Monguls Finger, um gleich darauf in deiner Handfläche zu landen.

»Neiiiiiiin!«, brüllt Mongul.

»Die Gier wird dein Verderben sein«, erinnerst du ihn noch einmal, bevor er auch schon in null Komma nichts aus dem interdimensionalen Raum verschwunden ist.

Das Universum ist gerettet. Was schon mal gut

ist. Du blickst auf die Milliarden von Planeten hinab, die unter dir ihre Bahnen ziehen. Auf einem davon befindet sich dein Körper.

Du musst bloß nach ihm suchen … auf einem Planeten nach dem anderen.

ENDE

Fortsetzung von Seite 105

»Wir werden dir helfen, deine Freunde zu retten«, sagst du zu Kamandi.

Der Junge sieht erleichtert aus. »Danke, Batman. Wir kämpfen schon lange gegen die Ratten. Normalerweise sind sie nicht allzu clever, aber ihr neuer General scheint etwas mehr Grips zu haben. Ich hatte schon Angst, dass ich meine Freunde nie wiedersehen würde.«

»Ähm, Batman … Was meinst du eigentlich mit ›wir‹?«, meldet sich Carter nervös zu Wort. »Ich meine, vor kurzem habe ich noch die Museumsausstellung bewacht, und jetzt willst du, dass ich gegen eine Rattenarmee kämpfe?«

»In deinem Herzen bist du ein Held, Carter«, versicherst du ihm. »Außerdem wären wir gar nicht erst hier gelandet, wenn du dir diesen Ring nicht aufgesteckt hättest. Wir werden das jetzt zusammen durchziehen.«

»Okay«, sagt Carter. »Also wie ist der Plan?«

»Vor dem Gefängnis stehen nur zwei Wachen«,

sagt Kamandi. »Zusammen sollten wir drei die leicht erledigen. Wenn wir erst einmal drinnen sind, weiß ich allerdings nicht, was uns erwartet.«

»Wir machen einen Schritt nach dem anderen«, erwiderst du.

Kamandi führt euch durch die Gassen zum Gefängnis, einem verlassenen Lagerhaus mit Gittern vor den Fenstern.

Zwei gelangweilt aussehende und mit Gewehren bewaffnete Ratten stehen träge gegen die Gebäudemauer gelehnt Wache. Mit ihren langen, pinkfarbenen Schwänzen und den scharfen, aus der länglich spitzen Schnauze ragenden Zähnen bieten sie einen scheußlichen Anblick.

»Das Problem ist, dass wir keine Deckung haben«, sagt Kamandi. »Die sehen uns kommen, wenn wir angreifen.«

»Darum kümmere ich mich«, erwiderst du. Du holst eine Rauchbombe aus deinem Ausrüstungsgürtel und wirfst sie zwischen die beiden Wachen.

»He! Was ist da los?«, schreien sie. Eine lilafarbene, wabernde Rauchwolke breitet sich zwischen ihnen aus.

Du stürmst auf die Wachen zu und schnappst dir

ihre Waffen, während Kamandi ihnen die Hände hinter dem Rücken fesselt. Carter jedoch ist zurückgeblieben, unsicher, was er tun soll.

Als sich der Rauch gelegt hat, sind die beiden Wachen sicher gefesselt und geknebelt. Doch unglücklicherweise beschließt Carter nun zu handeln. Er stößt die Eingangstür zum Gefängnis auf und stürmt blindlings hinein.

Kamandi und du tauscht rasch einen Blick aus … das war eine dämliche Aktion von Carter! Aber jetzt könnt ihr nichts anderes tun, als ihm zu folgen.

Ihr seid kaum drinnen, als ihr auch schon von zahlreichen weiteren Rattenwachen angegriffen werdet. Blitzschnell packen deine Gegner deine Hände und legen dir Handschellen an.

Dein Körper wird auf der Stelle schlaff. Irgendwie scheinen die Handschellen dich zu lähmen. Auch Carter und Kamandi haben Handschellen verpasst bekommen. Lachend befördern euch die Rattenwachen in einen Käfig.

Du schließt die Augen, um dich zu konzentrieren. Du kannst deine Finger noch ein wenig bewegen. Du tastest ein bisschen herum und stellst fest, dass du zwei Gegenstände in deinem Ausrüstungsgürtel erreichen kannst: eine Metallfeile und den Kristallring. Allerdings hast du gesehen, was er mit Carter gemacht hat. Ob du in der Lage sein wirst, seine Macht zu kontrollieren?

Wenn du den Ring benutzen willst,
lies auf Seite 22 weiter.
Verlässt du dich lieber auf die Feile,
mache auf Seite 80 weiter.

Fortsetzung von Seite 45

Du zertrümmerst die Glasabdeckung der Vitrine und schnappst dir Wonder Womans Lasso. Keinen Augenblick zu früh, denn gleich darauf kommt Carter auch schon in den Raum gestampft. Du schwingst das Lasso über deinem Kopf.

»Du kannst mich nicht aufhalten, Batman!«, brüllt er dir mit einer Stimme entgegen, die sich wie Donner anhört. »Niemand kann mich aufhalten!«

»Da magst du vielleicht recht haben«, sagst du, während du das Lasso auf Carter zusausen lässt. »Aber ich muss es wenigstens versuchen.«

Das Lasso legt sich um seinen Körper, und mit aller Macht ziehst du die Schlinge fest.

»Neiiiiiiin!«, schreit Carter.

Das Glühen, das von den schwarzen Schatten ausgeht, beginnt zu flackern, als die Kräfte des Lassos ihn schwächen. Carter sinkt auf die Knie.

Jetzt ist deine Chance gekommen. Blitzschnell stürzt du dich auf ihn. Zwei Fausthieben in den

Magen lässt du einen Tritt auf den Arm folgen, an dessen Hand sich der Ring befindet. Schnell zerrst du ihn daraufhin von seinem Finger.

Augenblicklich schrumpft Carter wieder auf seine normale Größe zusammen. Der schwarze Schatten verblasst. Verwirrt sieht er zu dir auf.

»Was ist passiert?«, fragt er.

Eine Meute Schaulustiger hat sich versammelt, darunter auch weitere Museumswachleute. Sie haben die Hände auf die Griffe ihrer Waffen gelegt, bereit sie beim geringsten Anlass zu ziehen.

Du löst die Lassoschlinge von Carters Körper. Er sieht aus wie jemand, der in seinem Leben nicht gerade viel auf die Reihe kriegt. Es würde dir leidtun, wenn er seinen Job verliert.

»Dieser Wachmann hat mir gerade geholfen, einen kriminellen Außerirdischen davon abzuhalten, eines Ihrer Artefakte zu stehlen«, erklärst du.

Die Menge applaudiert.

»Er ist ein wahrer Held!«, ruft jemand, und Carter strahlt vor Stolz.

»Ich werde diesen Ring wieder mit zurücknehmen«, sagst du zu Carter. »Wir werden unser Bestes geben, um ihn in unserem Jahrhundert zu beschützen.«

Dann stutzt du und hältst inne. Monguls Zeitportal hat dich zwar hierhergebracht … aber du hast keine Ahnung, wie du wieder zurückkommen sollst.

Du erinnerst dich daran, wie Carter in der Zukunft eine Zeitmaschine aus dem Museum benutzt hat, um ins einundzwanzigste Jahrhundert zurückzureisen und zu Booster Gold zu werden.

»Carter, gibt es eine Zeitmaschine in dieser Ausstellung?«, fragst du.

Carter nickt. »Ich zeig sie dir.«

Von Seilen abgesperrt, befindet sich die Zeitmaschine im hinteren Bereich der Ausstellung. Du springst über das Seil und musterst die Bedienelemente. Das Ganze scheint ziemlich unkompliziert zu sein: Man betrete die Kammer, programmiere Zeit und Ort und drücke einen Knopf.

»Danke«, sagst du zu Carter.

»Gern geschehen, Batman«, antwortet er. »Es war mir eine große Ehre, dich kennenzulernen.«

Einen Moment lang spielst du mit dem Gedanken, Carter zu verraten, dass ihr euch schon begegnet seid – in der Vergangenheit, nachdem er zu Booster Gold geworden ist. Aber du entscheidest dich dagegen. Carter wird es in seiner eigenen Zeit schon früh genug herausbekommen. Du willst der Zukunft nicht ins Handwerk pfuschen … schließlich kann man nie wissen, was passiert.

»Vielleicht sehen wir uns eines Tages wieder«, sagst du, als du die Zeitmaschine betrittst. Dabei entgeht dir nicht der Glanz in Carters Augen, während sein Blick über die Superheldenausstellung schweift …

ENDE

Fortsetzung von Seite 82

»Was sollen wir jetzt machen?«, fragt Carter.

»Ich weiß nicht genau«, gibst du ehrlicherweise zu. »Durch eines gelangst du vermutlich zurück zum Museum. Was Monguls Fluchtportal anbelangt, bin ich nicht sicher, wohin es führt. Aber ich hoffe, er hat sich zurück nach Gotham City begeben.«

»Lass uns einfach jeder ein Portal nehmen und sehen, was passiert«, schlägt Carter vor. »Hauptsache wir kommen von hier weg.«

Du nickst. »Das ist das Risiko wert.«

Carter entscheidet sich für das linke und du für das rechte Portal. Du schleuderst jeweils eine elektromagnetische Impulsgranate in die Portalschatten.

Die Impulse erwecken die Portale zum Leben. Du sagst Kamandi auf Wiedersehen, bevor du dich mit einem Nicken an Carter wendest.

»Viel Glück. Wenn es so läuft, wie es sollte, werden wir uns eines Tages wiedersehen«, sagst du zu ihm.

Dann springst du ins Portal.

Das Portal spuckt dich auf der öden Oberfläche eines sandigen roten Planeten aus … direkt vor Monguls Füße! Er hat auf dich gewartet.

Bevor du wieder auf die Beine kommen kannst, hat er dich gepackt und dir den Ring vom Finger gezogen.

»Danke, dass du mir den gebracht hast«, sagt Mongul. »Wir werden uns wiedersehen … du wirst mir dienen, wenn ich der Herrscher des Universums bin.«

Mongul springt in ein kleines Raumschiff und fliegt davon. Du hast keine Möglichkeit, ihm zu folgen. Du kannst immer noch durch das Portal in Kamandis Zeit zurückspringen. Aber das wird dir nicht helfen, Mongul aufzuhalten.

Du hast gesehen, was der Kristallring bei Carter angerichtet hat; und du kannst dir nur ausmalen, was Mongul alles anstellt, wenn er sich erst einmal den Ring aufsteckt. Du wirst einen Weg zurück zur Erde finden müssen, und zwar schnell, um herauszufinden, wie sich das Universum vor ihm retten lässt.

ENDE

Fortsetzung von Seite 15

»Warum machst du dich nicht auf, um Aquaman zu helfen?«, sagst du zu Black Canary. »Ich habe das seltsame Gefühl, dass mehr hinter dieser Explosion steckt.«

»Ich mag Männer, die sich auf ihre Intuition verlassen«, sagt Black Canary. »Bis später dann.«

Du springst in dein Batmobil und braust zum Ort der Explosion. Es handelt sich um einen Lagerhausbrand, aber durch den Rauch hindurch siehst du etwas, das nicht hierhergehört.

Es ist ein rotierender Wirbel, ein schwarzer Tunnel, der irgendwohin in Raum oder Zeit führt. Die Explosion wurde vermutlich ausgelöst, als sich das Portal in dieser Dimension materialisiert hat. Du steigst aus dem Batmobil und näherst dich der seltsamen Erscheinung. Wer auch immer das Portal geschaffen hat, könnte nun in Schwierigkeiten stecken … oder schlimmer noch, etwas Böses im Schilde führen.

Es gibt nur einen Weg, das herauszufinden. Du

begibst dich direkt in den Strudel aus wirbelndem schwarzen Licht.

»Batman, nein!«, hörst du noch einen Feuerwehrmann irgendwo hinter dir schreien. Doch dann hat die Schwerkraft des Portals dich auch schon hineingesogen und schickt dich auf eine wilde Reise durch den Tunnel.

RUMS! Im nächsten Moment hat dich das Portal wieder auf einer Straße ausgespuckt. Du befindest dich in einer Stadt, aber nicht mehr in Gotham City. Vermutlich ist es Metropolis, doch es sieht anders aus als das Metropolis, das du kennst. Die Straßen sind sauberer, und die weißen Häuser schimmern in der Sonne. Du stehst vor einem großen Gebäude: Es ist das Metropolis-Weltraummuseum.

Interessant, denkst du. Du hast schon von diesem Ort gehört. Im fünfundzwanzigsten Jahrhundert hatte hier ein Museumswächter namens Michael John Carter Ausstellungsstücke aus der Superheldensammlung gestohlen. Anschließend war er in der Zeit zurückgereist, um unter dem Namen Booster Gold selbst ein Held zu werden. Hat Booster etwa irgendwie dieses Portal erschaffen?

Eine Frau und ein kleiner Junge kommen an dir vorbei.

»Mami, guck mal! Das ist Batman!«, ruft der Junge.

»Wie süß«, sagt die Frau. »Gehören Sie zur Museumsausstellung?«, fragt sie dich.

»Könnten Sie mir bitte sagen, welches Jahr wir haben?«, fragst du.

Die Frau mustert dich mit einem seltsamen Blick. »Zweitausendvierhundertfünfundachtzig natürlich«, sagt sie. »Oh, verstehe. Sie halten sich an Ihre Rolle.«

Das Jahr 2485 bedeutet, dass aus Carter noch nicht Booster Gold geworden ist. Trotzdem glaubst du, dass er etwas mit dem Ganzen zu tun hat. Schließlich hast du ihm nie so ganz über den Weg getraut, denn er ist aus den völlig falschen Gründen zum Superhelden geworden. Alles, was ihn kümmert, sind nämlich Ruhm und Geld.

Du betrittst das Museum und bist überrascht, als du Carter in seiner Museumswächteruniform vor der Superheldenausstellung im ersten Stock antriffst.

»Batman?«, fragt er. »Das kann doch nicht sein, oder?«

»Ich bin durch ein Raum-Zeit-Portal gekommen, das mich geradewegs hierhergebracht hat«, erwiderst du. »Und ich muss wissen, warum. Ist in den letzten Minuten jemand Ungewöhnliches in das Museum gekommen?«

»Du meinst, mal abgesehen von dir?«, fragt Carter lächelnd. Aber sein Lächeln verblasst auf der Stelle, als er den grimmigen Ausdruck in deinem Gesicht sieht. »Ja, tatsächlich. Da ist so ein schräger, glatzköpfiger Typ reingekommen und hat nach einem Ring mit einem Kristall gefragt. Ich hab ihm gesagt, er soll in die Ausstellung seltener Edelsteine in den vierten Stock gehen.«

»Ein Kristall?«, hakst du nach, und Carter nickt. Deine Neugier ist geweckt, und du hast das Gefühl, zu wissen, um wen es sich bei diesem schrägen, glatzköpfigen Typen handelt.

Mit Carter auf den Fersen stürmst du die Treppe in den vierten Stock hinauf. Der Glatzkopf, von dem Carter dir erzählt hat, steht gerade vor einer der gläsernen Museumsvitrinen. Du erkennst ihn auf der Stelle: Es ist Mongul, ein bulliger Außerirdischer mit riesigen Muskeln und roten Augen … und Superkräften, die er seinen grünen und gelben Kraftringen verdankt, die er einst dem Sinestro Corps gestohlen hat.

»Du solltest in Zukunft lieber besser aufpassen,

wo du deine Zeitportale aufstellst, Mongul«, sagst du.

Mongul blickt auf und grinst. »Batman! Was für eine Überraschung«, sagt er mit tiefer Stimme. »Du kommst gerade rechtzeitig, um Zeuge zu werden, wie ich die ultimativen Superkräfte erlange.«

Er zeigt hinter sich auf die Vitrine. »Bei dem Kristall in diesem Ring handelt es sich um einen seltenen Edelstein, der seinem Träger unglaubliche Fähigkeiten verleiht. Vor vielen Jahren ist er als Teil eines Meteoriten auf die Erde gefallen. Ein reicher Edelsteinsammler hat ihn in einen Ring einsetzen lassen … und wurde von dessen Macht vernichtet. Er war eben ein Schwächling.«

Als Mongul spricht, siehst du, wie Carter sich mit einem Schlüssel in der Hand hinter ihn schleicht. Offensichtlich will er den Ring an sich nehmen, während Mongul abgelenkt ist.

Du weißt Carters Taktik zu schätzen, aber du bist nicht sicher, ob du ihm trauen kannst. Sollst du zulassen, dass er dir hilft, oder es besser darauf ankommen lassen und dir den Ring selbst schnappen?

Wenn du Carter vertraust, lies weiter auf Seite 19.
Willst du dir den Ring lieber mit Hilfe eines Batarangs aus der Vitrine holen, mache auf Seite 36 weiter.

Fortsetzung von Seite 85

Du kommst zu dem Schluss, dass es zu riskant ist, die Sprengladung anzubringen, auch wenn das den Bohrer garantiert zerstören würde. Stattdessen zertrümmerst du mit deinem Batarang das Glasfenster des Treibstofftanks, woraufhin die lilafarbene Flüssigkeit herauszulaufen beginnt.

So schnell du kannst, schwimmst du davon, nicht ohne sicherzugehen, dass du den Roboterwachen in die Quere kommst. Prompt haben sie dich auch schon entdeckt ... und den kaputten Treibstofftank übersehen.

Aquaman kommt hastig auf dich zugeschwommen.

»Batman, Achtung!«, schreit er.

Ein U-Boot hält auf dich zu. Durch ein Fenster kannst du sehen, dass es von Kanjar Ro gesteuert wird. Aus zwei Kanonen, die an der Schiffsseite angebracht sind, feuert er zwei Torpedos ab.

Während du dem einen Geschoss ausweichst, das auf dich abgefeuert wurde, wirft sich Aquaman direkt in die Schussbahn des zweiten, um zu verhindern, dass ein vorbeischwimmender Hai getroffen wird. Stöhnend sinkt er auf den Ozeanboden. Er ist bewusstlos.

Du schwimmst zu deinem Freund und versuchst ihn wiederzubeleben. Unterdessen bringt Kanjar Ro sein Schiff direkt über euch in Position.

Plötzlich beginnt das Wasser in einem pulsierenden Rhythmus zu vibrieren. Hunderte von Delphinen tauchen auf einmal wie aus dem Nichts auf. Augenblicklich gehen sie zum Angriff auf Kanjar Ros Schiff über und nehmen die Kanonen und den Antrieb aufs Korn. Kanjar Ro kann nichts tun, um sie aufzuhalten. Langsam sinkt sein Schiff auf den sandigen Grund.

Du bist verwirrt. Wie hat Aquaman die Delphine rufen können? Dann kommt eine Gestalt in einem schwarzen Taucheranzug auf dich zugeschwommen. Es ist Black Canary!

Zu zweit packt ihr Aquaman und bringt ihn in dein U-Boot. Während Black Canary ihre Geschichte erzählt, kommt Aquaman langsam wieder zu Bewusstsein.

»Die Explosion und der folgende Lagerhausbrand haben sich am Ende als normaler Unfall herausgestellt«, sagt sie. »Und da dachte ich, dass du und Aquaman vielleicht etwas Hilfe gebrauchen könntet. Also bin ich euch gefolgt und habe dann mit meinem Sonargerät Kontakt mit den Delphinen aufgenommen.«

»Gut mitgedacht, Black Canary«, sagst du.

»Ich weiß«, erwidert sie mit einem Lächeln. »Also Batman, wie wär's dann jetzt mit dem Tänzchen?«

»Ein anderes Mal«, erwiderst du, während du das U-Boot auf Kanjar Ros gesunkenes Schiff zusteuerst. »Jetzt habe ich erst einmal eine Verabredung mit der Gerechtigkeit!«

ENDE

Fortsetzung von Seite 105

»Geh ruhig, Batman«, sagt Kamandi. »Meine Freunde und ich kämpfen schon lange gegen diese Ratten. Die werden niemals gewinnen. Du musst zurück nach Hause, wo man dich braucht.«

»Danke, mein Freund«, sagst du und wendest dich mit einem Nicken an Carter. »Sehen wir zu, dass wir schnell zu diesem Portal kommen.«

Ihr lasst Kamandi zurück und eilt die Gasse entlang zum Portal. Ohne zu zögern, springt ihr hinein.

Das Portal befördert euch wieder auf Gothams Straßen zurück, aber ihr habt Monguls Spur verloren.

»Wo sind wir?«, fragt Carter.

»Willkommen im einundzwanzigsten Jahrhundert«, antwortest du nur.

Carter wird bleich. »Wir sind in der Vergangenheit? Aber hier ist es so … primitiv!«

»Ist ja komisch. Sonst schien es dir hier immer gefallen zu haben«, erwiderst du.

»Wovon redest du da?«, erwidert Carter. »Ich bin noch nie zuvor hier gewesen.«

Du grinst. »Lass mich dir eine Geschichte erzählen … über einen Helden namens Booster Gold.«

ENDE

Fortsetzung von Seite 43

Normalerweise bist du nicht ungeduldig ... aber wie es der Zufall so will, hast du einen Raketenwerfer dabei, der den Bohrer mit einem Schlag zerstören sollte, wenn du richtig triffst.

»Okay, versuchen wir's auf deine Weise, Aquaman«, sagst du.

»Großartig!«, sagt dein Freund. »Ich hab keinen Riesenwumms mehr zu sehen bekommen seit meinem legendären Abenteuer ›Aquaman und der Schurke mit der richtig fetten Bombe‹.«

Während Aquaman dir in aller Ausführlichkeit von diesem Abenteuer berichtet, scannst du mit Hilfe des Computers in deinem Helm das Basissegment der Bohrvorrichtung, um einen Schwachpunkt zu entdecken. Du musst nicht lange suchen. Wenn die Rakete dort einschlägt, wo sich die Stützträger unterhalb des Bohrers vereinen, solltest du Erfolg haben.

Du nimmst den Raketenwerfer, den du dir auf den Rücken geschnallt hast, und stellst die Zielerfassung auf die richtigen Koordinaten ein. Dann drückst du auf den Abzug. Eine Rakete kommt aus dem Rohr geschossen und rauscht durch das Wasser davon.

»KAWUMM!«, schreit Aquaman begeistert. Aber das ist auch schon der einzige Laut, der zu hören ist … denn die Explosion bleibt aus.

Die Bohrvorrichtung schwankt heftig, doch deine Rakete hat nicht viel Schaden angerichtet.

Es muss aus irgendeinem superstarken außerirdischen Metall bestehen, wird dir stirnrunzelnd klar. Nun musst du also doch erst einmal auf Erkundungsmission gehen.

Aber das ist leichter gesagt als getan. Denn dein Angriff hat eine kleine Roboterarmee alarmiert, die im Basissegment des Bohrers stationiert ist. Ein Tor öffnet sich und spuckt einen silbernen Roboter nach dem anderen aus. Ohne zu zögern, gehen sie zum Angriff über. In ihren Metallgesichtern glühen rote Augen.

Du und Aquaman wehrt die Roboter so gut ihr könnt ab. Da dein Arsenal an Unterwasserwaffen nicht sehr groß ist, musst du dich mit den Fäusten gegen sie verteidigen. Aber die Roboter sind nicht nur zahlreich, sondern auch stärker als du, und trotz hartem Kampf haben sie dich rasch gefangen.

Eure Gegner verfrachten euch unverzüglich in das Innere des Basissegmentes. Kaum habt ihr das Tor passiert, schließt es sich auch schon wieder, und ihr findet euch in einer kleinen Kammer aus Metallwänden wieder. An der Wand vor dir erwacht ein großer Bildschirm flackernd zum Leben.

Das Gesicht, das gleich darauf auf dem Schirm erscheint, ist grau und hat eine spitze Nase. Das Auffälligste jedoch sind die glühenden roten Augen, die dir entgegenfunkeln ... und ein beeindruckendes Gebiss mit scharfen Eckzähnen.

»Was machst du hier auf der Erde, Kanjar Ro?«, fragst du.

»Ist schon witzig, Batman«, antwortet der außerirdische Schurke. »Ich bin eigentlich nur auf deinen Planeten gekommen, um nach Kraftstoff für meine Militärflotte zu suchen. Dann habe ich zufällig eine Ölquelle gefunden, die größer als jede andere auf deinem Planeten zu sein scheint. Wenn ich dieses Öl kontrolliere, kontrolliere ich auch die ganze Erde!«

»Damit wirst du niemals durchkommen, du Scheusal!«, platzt es aus dem wütenden Aquaman heraus.

»Eure Drohungen haben nicht die geringste Bedeutung für mich«, erwidert Kanjar Ro. »Wachen! Erledigt sie!«

In der Mitte des Raumes gleitet plötzlich der Boden auf und gibt den Blick auf ein breites Loch frei. Die Roboter stoßen Aquaman und dich hinein. Mit einem dumpfen Aufprall landet ihr beide auf dem Grund des Loches.

Du springst auf und holst einen Greifhaken aus deinem Ausrüstungsgürtel, um ihn nach oben an den Rand des Loches zu schleudern und gleich wieder hinauszuklettern. Aber über euch schließt sich die Öffnung, und es gibt keinen Weg hinaus.

Als du dich umblickst, erkennst du, dass ihr euch in einer Art röhrenförmigen Metallkammer befindet.

Doch dann siehst du die kleinen Öffnungen im Boden … Öffnungen, aus denen plötzlich Wasser emporquillt. Meerwasser dringt in die Kammer ein und beginnt sie zu fluten.

Aquaman klopft dir aufmunternd auf den Rücken. »Keine Angst, alter Freund! Wir können unter Wasser atmen!«

»Du vielleicht, aber ich habe nur einen begrenzten Sauerstoffvorrat«, erinnerst du ihn. Du nimmst eine Minikreissäge aus deinem Ausrüstungsgürtel.

»Moment, Batman«, sagt Aquaman. »Dieses außerirdische Metall ist stärker, als wir dachten. Ich glaube nicht, dass uns deine Säge hier helfen wird. Lass mich ein paar Meeresfreunde zur Hilfe rufen.«

Da hat Aquaman nicht ganz unrecht. Aber andererseits … wie sollte ein Haufen Fische in der Lage sein, euch aus dieser Lage zu befreien?

Wenn du Aquamans Plan folgen willst,
lies weiter auf Seite 33.
Möchtest du dich doch lieber auf die Kreissäge verlassen,
mache auf Seite 78 weiter.

Fortsetzung von Seite 35

Von Natur aus eher eine Fledermaus, würdest du dich lieber in der freien Luft fortbewegen als unter Wasser.

»Folge mir«, sagst du.

Du schwimmst ans Ufer, und ihr beide steigt rasch auf den Zaun. Von dort aus schießt du einen Greifhaken auf das Dach, der sich dort an einem metallenen Leitungsrohr verkeilt. Blitzschnell klettert ihr dann am Seil des Hakens empor und landet kurz darauf sicher auf dem Dach.

Du entdeckst einen Lüftungsschacht, der groß genug ist, dass ein Mensch hineinklettern und sich drinnen fortbewegen kann. Aquaman folgt dir etwas zögerlich. Ganz offensichtlich fühlt er sich im Meer wohler.

Langsam kriecht ihr voran, bis auf einmal unter euch hektische Aktivitäten und Gemurmel zu vernehmen sind.

»Bereit?«, fragst du Aquaman im Flüsterton.

»Na klar!«, erwidert dein Partner.

KRACH! SCHEPPER! Du trittst den Schachtboden aus seiner Verankerung, und ihr beide fallt geradewegs in Kanjar Ros Hauptquartier hinab. Der Schurke ist überrascht, dich hier zu sehen.

»Du bist entkommen? Unmöglich!«, brüllt er.

Er greift nach einem Stab, an dessen Ende sich ein glühender roter Stein befindet, und richtet ihn auf dich. Gerade noch rechtzeitig kannst du aus dem Weg springen.

Vier Wachroboter kommen in den Raum gestürmt. Dieses Mal jedoch bist du besser ausgerüstet, um es mit ihnen aufzunehmen.

BRIZZ! Du stürzt dich geradewegs auf sie. Mit einem Elektroschocker aus deinem Ausrüstungsgürtel verpasst du allen einen Stromschlag. Die Ladung setzt die Schaltkreise der Roboter außer Betrieb, und deine Gegner gehen scheppernd zu Boden.

Währenddessen hat sich Aquaman Kanjar Ro vorgeknöpft und ihm den Stab aus den Händen geschlagen. Du stürmst hinüber, packst Kanjar Ro und legst ihm Handschellen an.

»Sieht aus, als hättest du gewonnen, Batman«, sagt Kanjar Ro. »Da kann ich dir genauso gut auch gleich den Code verraten, mit dem sich der Bohrer abschalten lässt.«

»Schnell!«, drängt Aquaman. »Gib den Code ein!«

Du zögerst. Kanjar Ro hat den Code ziemlich bereitwillig herausgerückt … vielleicht etwas zu bereitwillig. Ob du ihm wohl wirklich vertrauen kannst? Womöglich hast du gar keine andere Wahl.

Wenn du den Code eintippst, um zu sehen, was passiert, lies auf Seite 25 weiter.

Willst du lieber deinen Freund, The Atom, zu Hilfe rufen, fahre auf Seite 89 fort.

Fortsetzung von Seite 74

»Meine Minikreissäge sollte den Zweck erfüllen«, sagst du.

Du holst das fledermausförmige Werkzeug aus deinem Ausrüstungsgürtel hervor und drückst einen Knopf, um die Säge in Gang zu setzen. Doch als das rotierende Sägeblatt das Metall berührt, wird dir das Gerät in hohem Bogen aus der Hand gerissen: Das außerirdische Metall ist so widerstandsfähig, dass die Sägezähne nicht einmal einen Kratzer hinterlassen haben.

Du hörst einen dumpfen Schlag hinter dir. Du wirbelst herum und siehst, wie Aquaman ohnmächtig zu Boden sinkt. Die Säge hat ihn voll am Kopf getroffen. »Aquaman, kannst du mich hören?«, sagst du. »Wach auf, Aquaman!«

Aber dein Freund ist bewusstlos. Das Wasser ist jetzt schon bis zu deinen Knien gestiegen, und dir ist klar, dass es in wenigen Augenblicken deinen Hals erreicht haben wird. Du kontrollierst deinen Sauerstoffvorrat … er ist fast erschöpft.

Du hievst Aquaman aus dem Wasser. Du musst jetzt auf ihn aufpassen … und kannst nur hoffen, dass er bald wieder aufwacht.

Wenn nicht, wird dein Abenteuer in diesem Unterwassergrab enden.

ENDE

Fortsetzung von Seite 52

Du gehst auf Nummer Sicher und beschließt, den Ring nicht zu benutzen. Stattdessen greifst du nach deiner Metallfeile und durchsägst die lähmenden Handschellen. Anschließend befreist du Kamandi und Carter.

Als Nächstes knackst du das Schloss eures Käfigs, was sich als Kinderspiel herausstellt. »Was jetzt?«, fragt Carter flüsternd.

»Folge uns einfach«, sagst du. »Aber unternimm nichts mehr auf eigene Faust. Bitte.«

»Meinetwegen«, sagt Carter abwehrend. »Ich habe dir doch gleich gesagt, dass ich kein Superheld bin.«

Vorsichtig arbeitet ihr euch weiter durch das Gefängnis voran und befreit Kamandis Freunde. Jetzt seid ihr über ein Dutzend Leute, wodurch ein Kampf gegen die Rattenwachen etwas ausgeglichener werden sollte. Langsam und ständig auf der Hut pirscht ihr euch zurück zur Wachstation.

»Jetzt!«, schreist du. Eure Gruppe springt geschlossen vor und geht zum Überraschungsangriff über. Eine gnadenlose Schlägerei nimmt ihren Lauf.

BAMM! Du schlägst einem der Rattenwächter die Waffe aus der Hand. Scheppernd schlittert sie über den Boden.

SCHMETTER! Du verpasst ihm einen Aufwärtshaken ans Kinn, der die Ratte bewusstlos zu Boden schickt.

Im Nu habt ihr alle Wachen ausgeschaltet und gefesselt. Unbehelligt könnt ihr aus dem Gefängnis fliehen.

»Danke für deine Hilfe, Batman«, sagt Kamandi. »Du hast ein großes Opfer für uns gebracht. Es tut mir leid, dass du nun nicht wieder nach Hause kannst.«

»Ich glaube, es könnte da noch eine Möglichkeit geben«, erwiderst du. »Kannst du uns zu den Portalen zurückführen?«

Kamandi nickt. »Folgt uns.«

Ihr kehrt zu der Straße zurück, wo das Zeitportal euch ausgespuckt hat. Die Portale sind geschlossen, aber du glaubst zu wissen, wie man sie wieder öffnen kann. Du nimmst den Ring aus deinem Ausrüstungsgürtel und hältst ihn in die Höhe, ohne ihn jedoch auf den Finger zu stecken. Im schwarzen

Licht, das der Ring auf einmal abgibt, werden die Schattenspuren zweier wirbelnder Portale sichtbar. Würdest du da eine deiner elektromagnetischen Impulsgranaten hineinwerfen, werden die Portale sich vermutlich wieder öffnen lassen.

Leider gibt es da nur ein Problem. Du musst zurück ins Gotham City des einundzwanzigsten Jahrhunderts, während Carter ins fünfundzwanzigste Jahrhundert nach Metropolis gehört. Aber welches Portal führt wohin?

Wenn du das linke Portal nimmst,
lies weiter auf Seite 28.
Entscheidest du dich für das rechte,
mache auf Seite 57 weiter.

Fortsetzung von Seite 43

»Das ist eine ziemlich große Konstruktion«, gibst du zu bedenken. »Wir haben eine bessere Chance, sie unschädlich zu machen, wenn wir die Antriebsquelle des Bohrers aufs Korn nehmen. Und dazu müssen wir erst einmal alles auskundschaften.«

»Gute Idee, Batman!«, stimmt Aquaman zu.

»Warte hier«, sagst du zu deinem Freund.

Vorsichtig schwimmst du zum Basissegment der Bohrvorrichtung. Kanja Ro muss irgendwo Wachen postiert haben, aber du kannst keine entdecken. Du schwimmst unter den Stützträgern hindurch, bis du auf einmal entdeckst, wonach du gesucht hast: einen großen Treibstofftank. In der Tankhülle ist ein Fenster eingelassen, durch das eine leuchtend violette Flüssigkeit zu erkennen ist.

Nur zu gerne würdest du diese Flüssigkeit mit nach Hause in dein Labor nehmen, aber diese Möglichkeit hast du im Moment nicht. Der Farbe und Konsistenz nach zu schließen, könnte es sich um einen von zwei außerirdischen Treibstoffen handeln: um hochexplosives Pyrium oder um Mollissium, das ebenso leistungsstark, jedoch weniger konzentriert ist.

Am leichtesten wäre es, eine Sprengladung an den Tank zu heften, den Zeitzünder einzustellen und davonzuschwimmen, bevor alles in die Luft fliegt.

Doch wenn es sich bei dem Treibstoff um Pyrium handelt, könntest du eine alles vernichtende Explosion auslösen. Sicherer wäre es, ein Loch in den Tank zu schlagen, den Treibstoff langsam heraussickern zu lassen und das Wasser später wieder von ihm zu reinigen.

Du hast dich gerade für die sichere Methode entschieden, als plötzlich ein Alarmsignal ertönt. Im nächsten Augenblick siehst du schon lauter Wachroboter um das Basissegment herumschwimmen. Im nächsten Augenblick werden sie dich entdeckt haben. Wenn du jetzt nur ein Loch in den Tank schlägst, könnte alles umsonst gewesen sein. Doch wenn du die Sprengladung anbringst, wird der Tank in die Luft fliegen, bevor die Roboter es verhindern können.

Dein Bauchgefühl rät dir, die Ladung anzubringen und auf dein Glück zu bauen. Aber du bist nicht sicher, ob das wirklich die richtige Entscheidung ist. Denn wenn du es mit Pyrium zu tun hast, könnte die Explosion sowohl dich als auch Aquaman umbringen.

Wenn du die Sprengladung anbringen willst,
lies auf Seite 16 weiter.
Willst du lieber ein Loch in den Tank schlagen,
fahre auf Seite 65 fort.

Fortsetzung von Seite 39

Eine Astralreise könnte sich als zu riskant erweisen. Also nimmst du deine Sauerstoffmaske aus dem Ausrüstungsgürtel und legst sie an.

Mongul richtet seine rechte Hand auf dich, und eine regenbogenfarbige Lichtwelle kommt auf dich zugeschossen. Gestärkt vom Sauerstoff kannst du schnell zur Seite ausweichen. Knurrend schießt Mongul eine weitere Welle auf dich ab, über die du mit einem Salto hinwegspringst.

In diesem Moment wird dir etwas Wichtiges bewusst: Mongul mag die Fähigkeit haben, Planeten in seiner Faust zu zerquetschen, aber in dieser interdimensionalen Ebene bist du ihm ebenbürtig. Du kannst vielleicht keine Regenbögen aus deinen Fingerspitzen abfeuern, doch du kannst immer noch normal kämpfen.

Du wirfst dich auf Mongul, bevor er einen weiteren Angriff starten kann.

RUMS! Du rammst ihm die Faust so heftig in den Bauch, dass er sich zusammenkrümmt.

SCHMETTER! Gleich darauf bekommt er einen harten Tritt gegen das Knie verpasst.

Doch mit vor Wut funkelnden Augen richtet sich Mongul gleich darauf wieder zu seiner vollen Größe auf.

»Ich mach dich fertig, Batman!«, brüllt er mit donnernder Stimme.

Vor deinen Augen wächst er plötzlich auf die doppelte Größe an, um im nächsten Moment seinen Riesenfuß zu heben und dich zu zertreten. Du hechtest dich in einem weiteren Salto darunter weg, und im nächsten Moment schlägt Monguls Fuß auch schon krachend auf die leere Raumfläche auf.

Du hasst es, dir das einzugestehen. Aber Mongul ist nach wie vor größer und stärker als du. Du bist zwar beweglicher als er, aber das ist im Moment auch dein einziger Vorteil. Nach wie vor musst du dir etwas einfallen lassen, um ihn aufzuhalten, und dir ist klar, dass die Sache nicht einfach werden wird.

Du springst auf Monguls Rücken, in der Hoffnung, dass du ihn aus dem Gleichgewicht bringen kannst. Aber er kann dich mit Leichtigkeit abschütteln, bevor er im nächsten Moment auch schon herumwirbelt und dich am Genick packt.

»Das wird langsam ermüdend«, sagt er. »Ich habe noch Wichtigeres vor, als dich zu zerquetschen. Höchste Zeit, es jetzt zu beenden.«

Du verpasst ihm einen Tritt gegen den Brustkorb, ohne dass er seinen Griff auch nur im Geringsten lockert. Wie es aussieht, ist das Ende nahe. Dann hörst du eine vertraute Stimme.

»Batman, hör mir zu. Du hast die Macht, Mongul zu besiegen.«

Lies weiter auf Seite 106

Fortsetzung von Seite 77

Du traust Kanjar Ro nicht die Bohne. Aber das ist okay, denn du kennst jemanden, der den Code für dich knacken kann. Mit Hilfe von Kanjar Ros Computer nimmst du Kontakt zu deinem Freund Dr. Ryan Choi auf, dem Wissenschaftler, der auch unter dem Namen The Atom bekannt ist. Wenige Augenblicke später taucht er bereits wie aus dem Nichts vor euch auf. »Bei Neptuns Bart! Das ist Zauberei!«, ruft Aquaman angesichts des plötzlichen Erscheinens.

»Wohl kaum. Das ist reine Wissenschaft«, erwidert The Atom. »Ich bin einfach auf atomare Größe geschrumpft und durch das Computernetz gereist.«

»Du musst noch einmal für mich schrumpfen«, bittest du The Atom. »Kanjar Ro benutzt einen riesigen Unterwasserbohrer, um eine gewaltige Ölquelle anzuzapfen. Er hat uns einen Code gegeben, um den Bohrer zu deaktivieren, aber ich traue ihm nicht über den Weg.«

»Klar, Batman«, antwortet The Atom mit seiner typisch freundlichen Stimme. »Gib mir nur eine Sekunde.«

The Atom drückt auf seine Gürtelschnalle. Elektronen erscheinen in der Luft und erzeugen wirbelnde Kreisbahnen um seinen Körper. Gleich darauf scheint er verschwunden zu sein, aber du weißt, dass er nur winzig klein geworden ist.

The Atom braucht nicht lange, um den Bohrer zu deaktivieren. Die Kontrollleuchten an der Computerkonsole fangen emsig an, zu blinken und zu piepen. Dann kommt The Atom wieder aus dem System herausgeflogen und hat im Nu auch schon wieder seine ursprüngliche Größe angenommen.

»Der Bohrer ist deaktiviert«, meldet er.

»Danke, Atom«, erwiderst du.

»Ja, vielen Dank«, knurrt Kanjar Ro. Triumphierend hebt er die Hände … von denen die Handschellen, die du ihm gerade eben erst verpasst hast, auf einmal verschwunden sind. »Ihr habt mir genug Zeit gelassen, um meine Flucht vorzubereiten!«

Mit diesen Worten ist er verschwunden.

»Na, das ist jetzt aber wirklich Zauberei!«, staunt Aquaman.

»Wahrscheinlicher ist ein Molekulartransporter«, korrigiert The Atom ihn.

»Aber wo ist er hin?«, fragst du.

Sekunden später hast du schon die Antwort. Als du aus dem Fenster des Schlupfwinkels blickst, siehst du ein Raumschiff, das von der Insel davonfliegt.

»Verdammt! Er entkommt!«, schreit Aquaman.

Darüber bist du alles andere als glücklich, aber es könnte schlimmer sein. »Zumindest ist die Erde vor seinen teuflischen Plänen in Sicherheit«, sagst du.

ENDE

Fortsetzung von Seite 18

Du lenkst den Jet wieder auf die Wasseroberfläche zu. »Aquaman, ich verfolge Kanjar Ro«, sagst du.

»In Ordnung!«, erwidert Aquaman. »Dann überlass mir die Tiere.«

Aquaman hechtet sich aus dem Jet und schwimmt auf die Küste zu. Du jedoch nimmst die Verfolgung auf, während Guy Gardner weiter neben dir herfliegt.

Schnell hast du das Raumschiff eingeholt. Wie es aussieht, verfügt Kanjar Ros kleines Schiff nicht über einen Warpantrieb. Perfekt! Du feuerst zwei Greifhaken aus dem Bug des Jets ab. Wenn es sein muss, wirst du Kanjar Ro zurück zur Erde schleppen.

Aber in einem blitzschnellen Wendemanöver reißt Kanjar Ro sein Schiff herum und feuert eine Salve aus seiner mächtigen Laserkanone auf dich ab. Gerade noch rechtzeitig kannst du die Schutzschilde des Jets aktivieren.

Guy Gardner richtet seinen Ring auf den Gegner und antwortet mit einem Energiestoß aus grünem

Licht. Doch durch die Bezwingung des Tsunamis ist der Ring noch zu geschwächt, so dass er nicht viel Schaden anrichtet. Du feuerst zwei Raketen auf Kanjar Ros Schiff ab.

Offensichtlich nun erst so richtig wütend, antwortet Kanjar mit einer weiteren mächtigen Salve seiner Laserkanone, die deine Schutzschilde ausschaltet.

»Guy, kannst du mich abschirmen?«, fragst du.

Dein Freund versucht, mit seinem Ring einen Schild zu erzeugen, aber er bringt nicht mehr als ein schwaches Leuchten zustande. Rasch lenkst du den Jet aus der gegnerischen Feuerreichweite.

Kanjar Ro vollführt wieder ein Wendemanöver und lässt sein Schiff steil in die Atmosphäre schießen.

Du heftest dich an seine Fersen. Dein Gegner scheint ein ganz bestimmtes Ziel im Sinn zu haben … Wartet irgendwo oben im Erdorbit etwa ein Mutterschiff auf ihn?

Aber dann siehst du es … ein Wurmloch öffnet sich. Kanjar Ro braucht gar keine Warpgeschwindigkeit, um zu entkommen. Er wird einfach das Wurmloch benutzen, um mit einem Sprung quer durch die Galaxis zu entkommen.

Du visierst ihn mit zwei weiteren Raketen an, aber dieses Mal gelingt es dem Außerirdischen auf Kurs zu bleiben. Mit vollem Karacho jagt er in das Wurmloch hinein, das sich gleich wieder hinter ihm schließt.

Du solltest zufrieden sein, dass du Kanjar Ros Pläne durchkreuzt hast. Aber es ist ein bittersüßer Sieg.

Kehrt Kanjar Ro zurück, musst du dich erneut darum kümmern, dass er seiner gerechten Strafe zugeführt wird.

ENDE

Fortsetzung von Seite 35

»Lass es uns mit der Rohrleitung versuchen«, sagst du. »Das ist vielleicht der bessere Weg, um unbemerkt reinzukommen.«

»Hervorragende Wahl!«, stimmt Aquaman zu.

Du gehst mit dem U-Boot auf Tauchfahrt und setzt erneut deinen Unterwasserhelm auf, bevor du das Gefährt wieder verlässt, um zusammen mit Aquaman zur großen Rohrleitung zu schwimmen.

Dort angekommen, klettert ihr am Rohr empor, das ins Innere des Gebäudes führt. Schließlich stolpert ihr in einen dunklen Raum hinein. Als ihr euch vorsichtig umblickt, hörst du plötzlich ein metallenes Scheppern. Blitzschnell wirbelst du herum, nur um zu sehen, wie mit lautem Getöse eine Gitterabdeckung genau vor die Öffnung kracht, durch die ihr gerade gekommen seid. Schon einen Wimpernschlag später gleitet eine Betonplatte vor das Gitter.

»Eine Falle!«, rufst du.

»Hätte nie gedacht, dass Kanjar Ro so clever sein

könnte«, fügt Aquaman hinzu. »Kopf hoch, alter Freund! Wir werden schon irgendwie hier rauskommen.«

Aber als du den kleinen Raum untersuchst, musst du feststellen, dass außer einem winzigen Lüftungsloch kein Weg nach draußen führt. Du versuchst, dich mit der Minikreissäge durch die Wand zu fräsen. Kaum hast du jedoch den Beton durchdrungen, bleibt die Säge an einer Schicht aus superstarkem außerirdischem Stahl stecken.

»Keine Bange! Ich werde Hilfe rufen«, verspricht Aquaman zuversichtlich.

Doch als er versucht, sein Sonar einzusetzen, runzelt er die Stirn. »Ich kann spüren, wie die Sonarwellen geradewegs wieder zu mir zurückkommen. Diese Kammer muss eine Sonarwellenabschirmung haben.«

»Dann können wir nichts anderes machen als warten«, sagst du. »Wenn Kanjar Ro uns holen kommt, werden wir uns den Weg freikämpfen.«

»Das wird ein Spaß!«, sagt Aquaman fröhlich. »Lass mich dich so lange mit einer kleinen Geschichte unterhalten, während wir warten. Habe ich dir jemals die erzählt, die ich nur ›Das Abenteuer von Aquaman und Batman, die in einer undurchdringlichen Kammer gefangenen waren‹ nenne? Alles hat damit begonnen, dass …«

Du gibst einen Seufzer von dir. Das wird eine elend lange Warterei!

ENDE

Fortsetzung von Seite 110

Jeder von Green Arrrows Pfeilen stellt auf seine Weise eine mächtige Waffe dar … was kann es da schon schaden, es mit einem zweiten zu versuchen? Du springst wieder auf die Beine, legst blitzschnell einen weiteren Pfeil an und schießt ihn auf Carter ab.

Doch der weicht ihm einfach aus und fängt ihn direkt aus der Luft … mit der Hand, die den Ring trägt.

KAWUUUUM! Der Pfeil explodiert. Die Schockwellen der Explosion fegen durch die Ausstellungshalle. Glasvitrinen zerspringen und werden umgerissen. Die antiken Superheldenwaffen werden in Stücke gerissen. Während du dich vor der Wucht der Explosion noch rechtzeitig mit deinem Batcape abschirmen kannst, wird Carter durch die Luft geschleudert und kracht gegen eine Wand.

Als du ihm zu Hilfe eilst, siehst du, dass das schwarze Leuchten um ihn herum verschwunden ist, und er wieder auf seine normale Größe geschrumpft ist.

»Bist du verletzt?«, fragst du.

»Nur ein paar Kratzer«, erwidert Carter, als er versucht aufzustehen. »Ich glaube, der Ring hat mich vor dem Schlimmsten bewahrt.«

Ihr blickt beide auf den Ring an seinem Finger hinab und seht, dass der Kristall zertrümmert worden ist.

»Ich schätze, er funktioniert nicht mehr«, sagt Carter.

Inzwischen hat sich eine Menge um euch versammelt. Carter macht Anstalten, sie wegzuwinken. »Alles in Ordnung, Leute. Batman ist aus der Vergangenheit hergekommen. Er hat uns vor einem außerirdischen Gangster gerettet.«

Die Leute fangen an zu flüstern und auf dich zu zeigen. »Ist er wirklich aus der Vergangenheit?«, fragt ein kleiner Junge.

»Ja, bin ich«, sagst du. »Und jetzt muss ich wieder zurück nach Hause. Carter, gibt es nicht eine Zeitmaschine in der Superheldenausstellung?«

»Na klar«, erwidert Carter und führt dich hin. Doch leider müsst ihr feststellen, dass sie von der Explosion zerstört worden ist.

»Sieht aus, als würde ich noch eine Weile hier im fünfundzwanzigsten Jahrhundert bleiben«, stellst du fest. Du weißt, dass du schon klarkommen wirst, schließlich bist du schon in schlimmeren Situationen gewesen.

»Du kannst bei mir wohnen«, sagt Carter.

Als er beginnt, das Durcheinander zu beseitigen, wird dir plötzlich etwas klar: Nun, da die Superheldenausstellung zerstört ist, wird Carter niemals zu Booster Gold werden. Wie immer man darüber auch denken mag, die Welt hat jedenfalls nun einen Helden weniger.

ENDE

Fortsetzung von Seite 21

Im Museum wimmelt es von unschuldigen Leuten. Daher kommst du zu dem Schluss, dass es am besten ist, erst einmal Carter unschädlich zu machen … und zwar schnell. Du wirfst dich auf ihn und reißt ihn mit dir ins wirbelnde Portal hinein, in dem Mongul gerade verschwunden ist.

Gleich darauf schlagt ihr hart auf einem von Müll und Unrat übersäten Bürgersteig auf. Der Aufprall befördert den Ring von Carters Finger. Blitzschnell flitzt du darauf zu und schnappst ihn dir, um ihn augenblicklich in einer Tasche deines Ausrüstungsgürtels verschwinden zu lassen.

Als du dich umblickst, siehst du, dass Carter sich wieder in sein altes Ich zurückverwandelt hat. Er setzt sich gerade auf und reibt sich benommen und verwirrt den Kopf.

»Was ist passiert?«, fragt er.

»Du hast dir den Ring aufgesteckt«, erklärst du ihm. »Und der hat dich in eine böse Kreatur verwandelt. Du hast Mongul beinahe besiegt, bevor er durch ein Zeitportal entkommen konnte. Da hab ich dich dann gepackt und hierhergebracht, um keine Unschuldigen zu gefährden.«

Carter blickt sich um. »Unschuldige? Ich kann niemanden sehen. Mann, ist das gruselig hier!«

Als du dir daraufhin deine Umgebung zum ersten Mal genauer anschaust, fällt dein Blick auf eine von Müll übersäte Straße. Ausgebrannte Gebäude säumen die unkrautbewachsenen Bürgersteige. Der Himmel leuchtet in einem kränklich wirkenden Mix aus Orange und Braun. Es ist kein Anzeichen von Leben zu erkennen.

»Die Stadt kommt mir bekannt vor«, sagst du. »Ich bin schon einmal hier gewesen. Wir sind in eine post-apokalyptische Zeit geraten, in der die Tiere intelligent sind und Menschen als Sklaven halten.«

»Apokalyptisch?«, fragt Carter.

»Von Apokalypse«, erklärst du. »Das Ende der Welt.«

Plötzlich hörst du Stimmen, und rasch zerrst du Carter in eine schmale Gasse hinein, die neben dem nächsten Gebäude von der Straße wegführt. Ihr geht hinter ein paar Mülltonnen in Deckung.

Zwei große Ratten in braunen Uniformen kommen die Straße entlanggeschlendert. Sie tragen Waffen.

»Hab gehört, dass der General heute Nachmittag wieder ein paar Parasiten geschnappt hat«, hört ihr eine der Ratten sagen.

»Ha! Was sind Menschen doch für dämliche Kreaturen«, erwidert sein Partner.

»Wie wahr. Aber wie ich gehört habe, können die sogar sprechen.«

»Sprechen? Wie lächerlich ist das denn?!«, schnaubt die zweite Ratte.

Plötzlich tippt dir jemand an die Schulter. Erschrocken zuckst du zusammen. Ein Teenager mit langen, schmutzigen blonden Haaren kauert hinter dir. Er trägt einen Lendenschurz aus zerlumptem Stoff. Sein Oberkörper ist nackt.

Es ist Kamandi. Er und seine Freunde sind die einzigen intelligenten Menschen, die es noch auf dem Planeten gibt. Sie sind die letzte verbliebene Hoffnung auf eine zivilisierte Zukunft. Du hast ihm früher schon einmal geholfen, und er ist ein wahrer Held.

»Batman? Bist du das?«, fragt Kamandi. »Hier ist gerade ein merkwürdiger, glatzköpfiger Mann vorbeigelaufen. Er ist durch ein Zeitportal gekommen.

Sah ziemlich schwach aus. Dann hat er mit seinen Ringen ein weiteres Portal geöffnet. Es ist immer noch da.«

»Ein weiteres Portal?«, fragt Carter. »Vielleicht könnten wir das benutzen, um hier wegzukommen.«

»Das ist eine gute Idee«, sagt Kamandi. »Es wird bestimmt nicht lange offen bleiben.«

Doch etwas bereitet dir Sorge. »Kamandi, diese Leute, die von den Ratten gefangen genommen wurden … sind das etwa deine Freunde?«

Kamandi nickt traurig. »Ja, sie sind geschnappt worden. Aber ich werde sie retten.«

Du bist im Zwiespalt. Der Sprung durch Monguls Portal könnte der einzige Weg sein, der euch hier herausbringt. Aber du kannst Kamandi auch nicht im Stich lassen.

Wenn du dich für den Sprung durch Monguls Portal entscheidest, lies auf Seite 68 weiter.
Willst du lieber bleiben, um Kamandi zu helfen, mache auf Seite 49 weiter.

Fortsetzung von Seite 88

Die Stimme gehört einem Mann im blauen Trenchcoat, der neben einer Augenmaske auch einen Hut trägt: Phantom Stranger. Du bist ihm schon zuvor begegnet. Seine Fähigkeiten sind ziemlich unheimlich. Er weiß alles, was geschehen ist und alles, was geschehen wird. Mit Leichtigkeit kann er sich zwischen den Dimensionen hin und her bewegen, und so ist er vermutlich auch hierhergekommen.

Mongul wendet sich Phantom Strangers Stimme zu, und das verschafft dir die Gelegenheit, dich loszureißen.

»In dieser Dimensionsebene kann alles geschehen«, spricht Phantom Stranger zu dir. »Denke es, glaube es, und es wird wahr.«

Damit hat Phantom Stranger dir den Schlüssel gegeben, um Mongul zu besiegen.

»Danke«, sagst du, bevor Phantom Stranger im nächsten Augenblick auch schon wieder verschwunden ist.

Wütend schlägt Mongul nach dir. »Ich werde dir keine Chance geben, mich zu besiegen!«, brüllt er.

»Du wirst jetzt aufhören«, sagst du, und Mongul erstarrt auf der Stelle.

»Was … was ist passiert?«, fragt er.

Es ist einfach. In dieser Dimension erschaffst *du* die Realität, allein indem du sie dir vorstellst. Deinen Taten und Handlungen sind keinerlei Grenzen gesetzt.

»Der Ring gehört mir«, sagst du. Im Nu ist der Kristallring von Monguls Finger verschwunden, um gleich im nächsten Moment wieder an deinem aufzutauchen.

Augenblicklich wird Mongul kleiner, und sein Körper verwandelt sich wieder in seine ursprüngliche Form. »Du kehrst auf deinen Planeten zurück und ich auf meinen«, sagst du.

Und dann hast du auf einmal mir nichts, dir nichts die interdimensionale Ebene verlassen und findest dich in Gotham City vor dem brennenden Lagerhaus stehend wieder. Aus deinem Funkgerät dringt Black Canarys Stimme.

»Alles okay bei dir, Batman?«, fragt sie. »Was war mit der Explosion?«

»Die Dinge haben … sich etwas seltsam entwickelt«, antwortest du. »Aber jetzt ist alles in Ordnung.«

»Aquaman und ich bringen Kanjar Ro gerade zur Polizei«, sagt sie. »Kommst du zu uns?«

»Bin gleich da«, sagst du.

Und dann springst du ins Batmobil und braust davon zu deinen Freunden.

ENDE

Fortsetzung von Seite 45

Du zertrümmerst das Glas der Vitrine und schnappst dir Green Arrows Bogen und Pfeile. Als du gleich darauf den Köcher mit Pfeilen musterst, fällt dir ein, dass jeder eine andere Superkraft besitzt … und du bist nicht sicher, welcher die Fähigkeit hat, Carter aufzuhalten.

Mit schweren Schritten kommt Carter in die Ausstellungshalle gestampft. »Du kannst mich nicht aufhalten, Batman!«, brüllt er mit donnernder Stimme. »Niemand kann das!«

»Ich muss es wenigstens versuchen«, erwiderst du.

Auf Geratewohl wählst du einen Pfeil aus und schießt ihn Carter in den Arm. Unter lautem Protestgebrüll muss Carter hilflos mitansehen, wie sich eine Eisschicht auf seiner Haut zu bilden beginnt, und in kürzester Zeit ist er in einem Gefängnis aus Eis eingeschlossen.

Es hat funktioniert! Du rennst zu Carter, um den Eispanzer zu zerbrechen und ihm den Ring von seinem Finger zu ziehen. Aber noch bevor du ihn erreicht hast, zerspringt das Eis, und ein waberndes schwarzes Licht durchflutet den Raum. Carter hat sich befreit!

»Ich habe dir doch gesagt, dass du mich nicht aufhalten kannst!«, schreit er und holt mit der Faust aus. Der Schlag wirft dich um, und du schlitterst auf dem Rücken über den Museumsboden.

Besser du lässt dir schleunigst etwas einfallen, bevor er gleich wieder angreift.

Wenn du versuchen willst, ihn hinters Licht zu führen und dich ohnmächtig zu stellen, um einen Überraschungsangriff zu starten, lies weiter auf Seite 30.
Willst du dein Glück lieber mit einem anderen Pfeil probieren, mache auf Seite 98 weiter.

Fortsetzung von Seite 18

Es ist bitter, mitansehen zu müssen, wie Kanjar Ro davonkommt. Aber noch bitterer wäre es, die unschuldigen Geschöpfe am Strand zu ignorieren, die deine Hilfe brauchen.

»Ich bring uns runter, Aquaman«, sagst du.

Green Lantern fliegt dicht hinter dir her, als du den Jet an der Küste landest. Er mag zwar verhindert haben, dass der Tsunami aufs Land getroffen ist, aber die mächtigen Wogen haben Hunderte von Fischen und andere Meeresbewohner an den Strand gespült.

Aquaman springt aus dem Jet und läuft entsetzt über den Strand auf die Tiere zu. »Oh, meine armen kleinen Freunde«, jammert er.

Du setzt den Fuß auf den Sand. »Guy, kannst du eine große Welle erzeugen, um sie zurück in die See zu spülen?«

Guy schüttelt den Kopf. »Der Ring muss sich erst wieder aufladen. Das mit dem Tsunami war ein harter Job.«

Du nickst. »Okay. Dann müssen wir diese Fische eben auf die altmodische Art fangen.«

Du schwingst dich zurück in den Jet und transformierst das Gefährt in ein Boot, aus dessen Heck gleich darauf per Knopfdruck ein riesiges Netz herausschießt.

Aquaman sorgt dafür, dass die Fische ruhig bleiben. »Macht euch keine Sorgen, ihr tapferen kleinen Kerle! Batman bringt euch zurück nach Hause!«

Es ist keine leichte Aufgabe, aber eine dankbare. Mit Hilfe des Netzes und des Bootes schleppst du die Fische zurück ins Wasser. Da es so viele sind, brauchst du dafür eine Weile. Als du endlich fertig bist, begibst du dich zusammen mit Aquaman und Green Lantern wieder an den Strand. Zufrieden schaut ihr aufs Meer hinaus.

»Gute Arbeit, alter Freund!«, bedankt sich Aquaman und klopft dir auf den Rücken. »Meine Freunde und ich stehen in deiner Schuld.«

»Ist schon okay, Aquaman«, erwiderst du. »Ich hätte die Sprengladung gar nicht erst anbringen dürfen. Ich bin einfach froh, dass die Fische in Sicherheit sind.«

Plötzlich hörst du ein Geräusch irgendwo über dir. Du blickst in die Höhe und siehst, wie Kanjar

Ros Raumschiff auf den Strand hinabgeschossen kommt!

»Du hast meinen Bohrer zerstört!«, ruft der Schurke. »Nun werde ich etwas von dir vernichten.«

So schnell du kannst, rennst du zu deinem Boot zurück, aber du schaffst es nicht rechtzeitig.

BUUUUM!

Das Batmobil explodiert in einem riesigen Ball aus Feuer und Rauch.

Lachend verschwindet Kanjar Ro in den Wolken. Du bist ziemlich sauer, obwohl du zu Hause in der Bathöhle noch ein Ersatzbatmobil hast.

Ein langer Marsch nach Hause liegt vor dir.

ENDE

BATMAN UND DAS TERROR-TRIO

»Keinen Schritt näher, Batman, oder du erlebst ein Feuerwerk, das du nie vergessen wirst!«, ruft Firefly dir mit einem höhnischen Grinsen entgegen.

Der Gangster steht auf einer Kiste … einer Kiste voller Feuerwerkskörper, und das mitten in Gothams Feuerwerksfabrik. Wie immer steckt er in seinem hautengen schwarzen Spezialanzug, der auch sein Gesicht völlig bedeckt und zu hundert Prozent feuerfest ist … was für jemanden, der am liebsten einen Flammenwerfer als Waffe benutzt, natürlich auch ein Muss ist.

»Hat dir deine Mami denn nie gesagt, dass du nicht mit Feuer spielen sollst?«, fragst du.

Zusammen mit deinem Freund Aquaman bist du kurz zuvor hier aufgetaucht, nachdem dich die Nachricht erreicht hat, dass jemand in die Feuerwerksfabrik eingebrochen ist. Der Nationalfeiertag am vierten Juli steht unmittelbar bevor, und daher sind die riesigen Regale in der Halle bis unter die Decke mit Kisten voller knallbunter Böller und Raketen gefüllt.

»Aber Batman, Feuer ist doch spitze!«, antwortet Firefly. »Und diese Kracher hier werden mein Arsenal um eine völlig neue Dimension bereichern.«

»Nicht, wenn ich dich daran hindern kann«, sagst du.

»Und ich«, fügt Aquaman hinzu.

Aber zuerst einmal brauchst du einen Plan. Firefly hält den Griff seines Flammenwerfers fest umklammert. Das Ding ist an zwei großen Benzintanks auf seinem Rücken angeschlossen, und sobald der Schurke den Abzug drückt, wird die Feuerwerksfabrik in null Komma nichts in die Luft fliegen.

Da kommt dir eine Idee. Na klar, ein Batarang mit scharfer Klinge! Den schleuderst du einfach auf die Schlauchleitung, die den Flammenwerfer mit den Benzintanks verbindet. Blitzschnell ziehst du den Batarang aus deinem Ausrüstungsgürtel, und im nächsten Augenblick wirbelt deine Waffe auch schon auf Firefly zu.

Aber der Gangster hat erstaunlich gute Reflexe.

»Na schön, dann fackel ich hier eben alles ab!«, droht Firefly.

Noch bevor dein Batarang ins Ziel trifft, zündet er den Flammenwerfer, und ein orangefarbener Feuerstrahl kommt aus der Mündung geschossen.

Trifft er auch nur auf eine einzige Feuerwerkskiste, wird eine Kettenreaktion ausgelöst, die nicht mehr zu stoppen ist.

Doch zum Glück hat auch Aquaman erstaunlich gute Reflexe. In einer blitzartigen Bewegung richtet er seinen Harpunenspeer auf eine Wasserleitung über euren Köpfen und rammt die scharfen Zacken hinein. Die Leitung platzt, und ein Wasserschauer geht auf die Halle nieder. Fireflys Flamme verlischt mit einem Zischen – gerade in dem Moment, als dein Batarang ins Ziel trifft und die Waffe ein für alle Mal unschädlich macht.

»Neiiiiiiiin!«, kreischt Firefly. Ohne seine schreckliche Waffe stellt er kaum noch eine Gefahr dar.

Du schleuderst einen weiteren Batarang auf ihn, an dem ein Seil befestigt ist. Die Waffe saust um ihn herum, und das Seil schlingt sich so um seinen Körper, dass seine Arme gefesselt sind. Blitzschnell stürzt ihr auf ihn zu, um sicherzugehen, dass er nicht entkommt.

Wenige Minuten später wird er von Gothams Polizei abtransportiert.

Allerdings nicht, ohne dass du ihm zuvor noch einen Abschiedsgruß zurufst: »Sieht aus, als kriegst du jetzt ein wenig Zeit zum Abkühlen, Firefly.«

Anschließend verlassen du und Aquaman die Feuerwerksfabrik, und ihr tretet in den strahlenden Sommertag hinaus.

»Danke, Aquaman«, verabschiedest du dich von deinem Freund. »Am Ende besiegt Wasser eben doch immer Feuer.«

»Nicht der Rede wert, alter Freund«, antwortet Aquaman mit stolzgeschwellter Brust. »Und nun muss ich in mein Meereskönigreich zurück. Was für eine tolle Geschichte ich jetzt zu erzählen habe. Ich sollte sie ›Die Geschichte vom schrägen Käfertypen mit dem Feuerstab‹ nennen!«

Mit diesen Worten macht Aquaman sich auf den Weg, und du begibst dich in die dunkle Gasse zurück, in der du dein Batmobil geparkt hast. Zu deiner Überraschung siehst du dort eine Gestalt in einem Mantel, die gegen die Kühlerlaube des Batmobils gelehnt auf dich wartet.

»Besser für dich, wenn da kein Kratzer drauf ist, Smitty«, sagst du.

Smitty ist einer deiner Informanten. Er hat nicht nur eine Durchschnittsgröße und ein Durchschnittsgewicht, sondern auch ein Durchschnittsgesicht. Was ihn zu jemandem macht, den man total leicht vergisst. So leicht, dass selbst seine eigene Mutter ihn nicht erkennt, wenn sie ihm zufällig im Lebensmittelladen über den Weg läuft.

Doch gerade diese Unsichtbarkeit ist es, die Smitty zu einem hervorragenden Informanten macht. Unbeachtet kann er sich frei in den Stammspelunken von Gothams Gangstern bewegen. Auf diese Weise schnappt er jede Menge wertvoller Informationen auf ... Informationen, die er gegen einen gewissen Preis mit dir teilt.

Nervös weicht Smitty vom Batmobil zurück. »Sorry, Batman«, sagt er. »Hab schon lange gewartet. Und das, was ich dir zu sagen habe, ist ein Riesending. Volle fünfzig Dollar riesig.«

»Schieß los«, antwortest du neugierig.

»Wie man so hört«, beginnt Smitty, »planen der Joker, der Pinguin und der Riddler da 'ne ganz irre Sache. Man munkelt, dass sie einen Wettbewerb austragen, um festzustellen, wer von ihnen, ohne von dir aufgehalten zu werden, das größte Verbrechen abziehen kann.«

Zuerst bist du nicht sicher, ob du Smitty glauben sollst. Das Ganze klingt zu verrückt ... aber andererseits gehören der Joker, der Pinguin und der Riddler ja auch nicht gerade zu Gothams zurechnungsfähigsten Bewohnern.

»Was für Beweise hast du?«, fragst du.

Smitty zuckt die Achseln. »Nur Gerede, Batman. Jede Menge Gerede. Aber alle sagen das Gleiche.«

In diesem Moment erwacht der Polizeifunkempfänger an deinem Ausrüstungsgürtel rauschend und knisternd zum Leben.

»Achtung, bewaffneter Banküberfall!«, verkündet im nächsten Augenblick eine Stimme. »Der Pinguin raubt gerade die Gotham First National Bank aus.«

Smitty grinst. »Na, hab ich's dir nicht gesagt, Batman?«

Wieder beginnt der Empfänger zu knistern.

»Verstanden. Aber wir haben noch ein weiteres Problem auf der East Side. Der Riddler droht, der Oh-Yammi-Eiscreme-Fabrik den Strom abzuklemmen!«

Du schüttelst den Kopf. So wie es sich anhört, hat Smitty recht. Und das ist noch nicht alles.

»Gerade hat uns das FBI alarmiert, Jungs. Zwei prominente Atomwissenschaftler sind entführt worden. Die Agenten glauben, dass der Joker dahintersteckt. Sie suchen Gotham City nach den Vermissten ab.«

Du drückst Smitty eine Fünfzigdollarnote in die Hand.

»Danke für den Tipp«, sagst du. Dank Smitty weißt du nun, warum die drei Gangster auf einmal so einen Ärger machen.

»Was wirst du jetzt machen, Batman?«, fragt Smitty. »Wie willst du ganz allein drei Bösewichte gleichzeitig zur Strecke bringen?«

Das ist eine gute Frage. Fieberhaft denkst du nach. Die Gangster führen dich in drei ganz verschiedene Richtungen. Die Eiscremefabrik wird warten müssen. Schließlich könnte jemand bei dem Banküberfall verletzt werden, und die Entführung der Atomwissenschaftler bereitet dir große Sorgen: Gut möglich, dass der Joker da gerade eine üble Sache plant.

Wenn du zuerst den Pinguin verfolgen willst,
lies weiter auf Seite 137.
Willst du jetzt lieber dem Joker hinterher,
fahre auf Seite 149 fort.

Fortsetzung von Seite 205

Du ziehst den zusammenklappbaren Schutzschild aus deinem Ausrüstungsgürtel. Er entfaltet sich automatisch, wodurch nun Kopf und Brust geschützt sind. Mit einem Satz bringst du dich vor Bronze Tiger in Position, um auch ihm Deckung zu geben.

Was sich als kluger Schachzug erweist. Denn dieses Mal kommen kleine Wurfsterne aus dem Schirm geschossen. Laut prasseln sie gegen den Schild, bevor sie harmlos zu Boden fallen.

Stirnrunzelnd lässt der Pinguin seinen Schirm sinken. »Warum musst du immer so ein Quälgeist sein, Batman?«, stöhnt er.

Gleich darauf watschelt er so schnell er kann auf den Lieferwagen zu, um zu flüchten. Doch zum Glück ist er nicht gerade für seine Schnelligkeit bekannt. Während Bronze Tiger seine Handlanger in Schach hält, stürzt du dich auf den Pinguin und drehst ihm die Arme auf den Rücken. Dann lässt du deine Handschellen zuschnappen.

»Game over, Pinguin«, sagst du.

Du schaltest dein Funkgerät ein, um Kontakt mit der Polizei aufzunehmen, aber alles, was du hörst, ist ein statisches Rauschen.

»Stimmt was nicht, Batman?«, fragt Bronze Tiger.

»Ich weiß nicht genau«, erwiderst du.

»Ich hab vielleicht nicht gewonnen, Batman«, sagt der Pinguin und fängt an zu kichern. »Aber irgendetwas sagt mir, dass du dabei bist zu verlieren.«

Verwirrt zerrst du den Pinguin mit zum Batmobil und versuchst es mit dem Wagenfunkgerät. Aber das funktioniert auch nicht. Dann kommen auf einmal lauter Leute auf die Straße hinausgeströmt, die verwirrt und böse aussehen.

»Ich hab keinen Fernsehempfang mehr!«

»Mein Handy funktioniert nicht!«

»Das ist ein völliger Blackout!«

Das ist übel. Wenn die Panik weiter um sich greift, steckt Gotham City in echten Schwierigkeiten. Du bist nicht sicher, was da vor sich geht, aber du hast das Gefühl, dass der Joker dahintersteckt.

»Hätte ich mir doch nur zuerst den Joker vorgeknöpft«, brummst du.

ENDE

Fortsetzung von Seite 196

Als Superheldin ist Zatanna auf deinen Schutz nicht angewiesen, und außerdem sieht es so aus, als würde sie gerade einen Zauber heraufbeschwören – und dem willst du nicht in die Quere kommen.

Also wirfst du dich lieber auf den Boden, um den rasiermesserscharfen Blumen auszuweichen.

»TLLAF DNU DIES SOLFLIH!«, ruft Zatanna.

Augenblicklich hören sämtliche Blumen auf zu rotieren und fallen auf den Boden. Wenn Zatanna einen Zauber heraufbeschwört, spricht sie ihre Befehle rückwärts. »Fallt und seid hilflos!«, hat sie gerade eben den Blumen befohlen, und genau das ist auch geschehen. Du bist beeindruckt.

Du springst wieder auf die Beine. »Gute Arbeit, Zatanna.«

Deine Begleiterin sieht sich misstrauisch um. »Das war keine große Hürde. Ich mache mir eher Sorgen, was der Joker sonst noch alles auf Lager haben könnte.«

»Da gibt es einen Weg, um das herauszufinden«, antwortest du. »Als ich eben auf dem Boden lag, habe ich neben der Bühne eine Falltür entdeckt.«

Zatanna nickt. »Dann los.«

Du öffnest die Falltür, und ihr beide steigt einen dunklen Treppengang hinab. Er mündet schließlich in eine Kammer mit lauter Reihen von Zerrspiegeln. Wie ein Irrgarten schlängeln und winden sich die Spiegelgänge durch den Raum.

»Ich schätze, das ist es, was der Joker auf Lager hat«, sagst du. »Wir sollten vorsichtig sein. Wir wissen nicht, was sich hinter den Spiegeln verbirgt.«

Keine Antwort von Zatanna. Du drehst dich zu ihr um. »Zatanna?«

Sie ist fort.

Jetzt bist du wirklich besorgt. Ist Zatanna in irgendeine Falle getappt? Oder hat sie schon die ganze Zeit mit dem Joker zusammengearbeitet? Schließlich war sie diejenige, die dich angerufen und dir ihre Hilfe angeboten hat, rufst du dir ins Gedächtnis. Das hat sie zuvor noch nie getan.

Langsam bewegst du dich durch die erste Spiegelreihe, bevor du schließlich um eine Ecke biegst. Unversehens bist du in eine Sackgasse geraten. Vor dir siehst du dein Spiegelbild, das dir entgegenstarrt … und Zatanna, die unmittelbar hinter dir steht. Die Hände zum Angriff erhoben!

Entscheidest du dich den Spiegel zu zertrümmern,
lies weiter auf Seite 206.
Willst du dich lieber umdrehen und Zatanna angreifen,
fahre auf Seite 219 fort.

Fortsetzung von Seite 183

»Ich kann dir helfen, wenn nötig«, sagst du zu Flash.

Minuten später bist du bereits auf dem Weg in eine abgelegene Gegend, wo vor einem Abhang bereits der Superheld in seinem roten Anzug auf dich wartet. Du bringst das Batmobil vor ihm zum Halten. Seine ebenfalls rote Maske verbirgt die obere Hälfte seines Gesichtes, und an jeder Seite seines Kopfes ragt ein goldener Flügelzacken empor.

In der Nähe ist kein anderes Fahrzeug zu entdecken. Aber das überrascht dich auch nicht. Schließlich ist Flash auf seinen beiden Beinen schneller als jede Maschine, die Menschen in der Lage zu bauen sind.

»Die Liga der Gerechten registriert starke elektromagnetische Impulse aus dieser Gegend«, sagt Flash. »Sie glauben, dass dies vielleicht der Ort ist, wo der Joker die Atomwissenschaftler gefangen hält.«

Er zeigt auf eine Öffnung im Hang. »Dieser Tunnel sollte uns zu ihnen führen. Ich könnte als Erster rein und meine Supergeschwindigkeit nutzen. Sollte es da irgendwelche Fallen geben, werde ich sie höchstwahrscheinlich finden.«

Willst du auf Nummer Sicher gehen,
lies auf Seite 184 weiter.
Schickst du Flash vor,
fahre auf Seite 214 fort.

Fortsetzung von Seite 172

Wenige Minuten später fahrt ihr vor der Eiscremefabrik vor. Auf dem Schild, das vor dem riesigen Betongebäude prangt, ist eine grinsende Eiscremetüte zu sehen. Zwei Streifenwagen parken bereits vor der Fabrik.

Blue Beetle und du klettert aus dem Batmobil. Er trägt seinen schwarzblauen Panzeranzug, der seinen gesamten Körper und auch den Kopf bedeckt. Allerdings ist es nicht einfach nur ein Panzeranzug, sondern eine fremde Lebensform, die in einer emotionalen Beziehung zu Blue Beetle steht und mit ihm kommunizieren kann.

Plötzlich gibt der Anzug einen Piepton von sich und leuchtet auf. »Es sind vier Menschen im Gebäude«, berichtet Blue Beetle.

»Einer davon könnte der Riddler sein«, sagst du, bevor du die Eingangstür aufstößt.

Im ganzen Gebäude ist es dunkel. Der Fabrikboden ist mit geschmolzener Eiscreme bedeckt. Ob Schokolade, Vanille, Erdbeere oder Pistazie … sämtliche Geschmacksrichtungen sind auf dem Boden in einer einzigen riesigen, klebrigen Masse vermengt.

Vier Polizisten waten durch die Soße.

»Du kommst zu spät, Batman«, sagt einer der Polizisten. »Der Riddler ist weg. Er hat die Stromversorgung gekappt, und nun schmilzt die ganze Eiscreme.«

Der Polizist klingt enttäuscht.

»Tut mir leid«, sagst du. »Ich musste mich zuerst noch um etwas anderes kümmern.«

»Wir sollten den Riddler verfolgen«, schlägt Blue Beetle eifrig vor.

Der Polizist runzelt die Stirn. »Der ist längst weg.«

»So wie ich den Riddler kenne, hat er uns einen Hinweis hinterlassen«, überlegst du laut.

Du schaltest deine Taschenlampe ein und lässt den Lichtkegel durch die Halle schweifen. Gleich darauf hast du auch schon etwas entdeckt … eine Nachricht mit einem grünen Fragezeichen auf der Vorderseite. Sie klebt an einer Kiste mit Eistüten, die in einem Hochregal lagert.

»Schon kapiert«, sagt Blue Beetle nur. Er fliegt zum Regal empor, schnappt sich die Nachricht und ist gleich darauf auch schon wieder neben dir gelandet.

Du nimmst die Nachricht entgegen und liest laut vor.

»Errätst du das, Batman? Was ist geformt wie ein Quadrat und lässt die Leute auch im Sommer cool bleiben?«

»Eine Klimaanlage!«, schlägt Blue Beetle vor.

»Gute Vermutung«, stimmst du zu. »Wir sollten uns zur Klimaanlagenfabrik aufmachen.«

»Viel Glück, Batman!«, rufen die Polizisten, als ihr davonbraust.

»Zuerst die Eiscreme und jetzt die Klimaanlagen«, sagt Blue Beetle. »Sieht ganz so aus, als würde der Riddler versuchen, allen den Sommer zu vermiesen.«

»Kann man wohl sagen«, pflichtest du ihm bei.

Doch als ihr die Klimaanlagenfabrik erreicht, ist alles in bester Ordnung. In der Fabrik läuft alles glatt, und der Strom ist immer noch an.

»Sorry, Batman«, sagt Blue Beetle. »Ich dachte, ich hätte richtig geraten.«

Du liest dir den Hinweis noch einmal durch. »... geformt wie ein Quadrat und lässt die Leute auch im Sommer cool bleiben ...«

Gerade in diesem Moment ertönt eine Warnung aus deinem Polizeifunkempfänger. »Der Riddler lässt das Wasser aus dem städtischen Schwimmbad!«

»Der große Swimmingpool im Stadtpark! Natürlich«, rufst du.

»Cool … Pool. Das reimt sich sogar«, hebt Blue Beetle hervor.

Der Pool liegt auf der anderen Seite der Stadt, und du musst so schnell du kannst dahin.

Wenn du den Batcopter nehmen willst, um den Riddler zu verfolgen, dann lies weiter auf Seite 188.
Bleibst du lieber beim Batmobil, mach auf Seite 221 weiter.

Fortsetzung von Seite 187

Du bist so wild darauf, den Joker endlich zu schnappen, dass du eine blitzschnelle Entscheidung triffst: Du und Flash springt in das nächste Jokermobil.

Du schließt den grünen Lieferwagen kurz und braust mit Vollgas aus der Garage. Doch weiter als bis hierher sollst du nicht kommen.

BUUUM! Alle vier Reifen explodieren gleichzeitig, und in der nächsten Sekunde schrammen die Metallfelgen unter lautem Gekreische über den Boden, bevor der Wagen gleich darauf liegenbleibt. Du versuchst auf der Stelle, die Tür zu öffnen, aber sie ist fest verschlossen.

»Ich krieg meine auch nicht auf!«, schreit Flash.

»Der Wagen ist präpariert«, wird dir klar. Offensichtlich hat der Joker Vorkehrungen getroffen, dass niemand seine Fahrzeuge stehlen kann.

Du weißt, dass du irgendwie einen Weg hier herausfinden wirst ... aber du hast die Spur des Jokers verloren.

»Hätten wir doch bloß das Batmobil genommen«, stöhnst du.

ENDE

Fortsetzung von Seite 123

Da der Banküberfall gerade mitten im Gange ist, beschließt du, dich zuerst um den Pinguin zu kümmern. Du schwingst dich ins Batmobil und lässt das Triebwerk aufheulen.

Allerdings könnte es nicht schaden, einen weiteren Helden an deiner Seite zu haben. Du drückst auf eine Taste auf dem Armaturenbrett, woraufhin eine kleine Karte von Gotham City erscheint. Sollten irgendwelche anderen Helden in der Nähe sein, wird der Superhelden-Detektor sie orten.

Zwei grüne Punkte beginnen auf dem Bildschirm zu blinken. Als du den ersten Punkt näher heranzoomst, siehst du, dass Huntress sich in der Stadt befindet. Die überragende Athletin ist nicht nur clever und intelligent, sondern auch eine Meisterin im Umgang mit der Armbrust – wenngleich zuweilen auch etwas unberechenbar.

Ohne Zeit zu verlieren, zoomst du den zweiten Punkt heran und lokalisierst Bronze Tiger – einen Meister der Kampfkünste, dessen Fähigkeiten sich mit deinen durchaus messen können. Allerdings seid ihr beide bisher nicht immer gut miteinander ausgekommen.

Entscheidest du dich für Huntress,
lies weiter auf Seite 168.
Wählst du Bronze Tiger,
fahre auf Seite 190 fort.

Fortsetzung von Seite 208

Du drehst das Rad nach links. Mit einem klackernden Geräusch rotiert es eine Weile vor sich hin, bis es langsamer wird und schließlich auf »Ausgang« stehen bleibt.

Da schwingt eine Falltür direkt unter deinen Füßen auf! Du saust auf einer langen, sich windenden Rutsche hinab in die Tiefe. Wenige Augenblicke später wirst du auf einen kalten Zementboden wieder ausspuckt, der sich in einem riesigen unterirdischen Labor befindet.

»Hä-hä-hä!« Das Lachen des Jokers würdest du überall erkennen. »Sieht aus, als hätte das Glücksrad sich heute zu deinen Gunsten gedreht, Batman!«

Du springst wieder auf die Beine und schaust dich um. Der Joker steht neben einem großen runden Fass, in dem eine Art grüne Säure vor sich hin blubbert. Zatanna hängt mit dem Kopf nach unten direkt über dem Fass. Sie ist mit einem schwarzen Schal geknebelt, und ihre Hände sind hinter dem Rücken gefesselt.

Vor dem Fass ist eines dieser typischen alten Jahrmarktsspiele aufgebaut: zwei Clowns, in deren Münder man mittels einer Spritzpistole so lange Wasser schießt, bis der Luftballon auf deren Kopf größer und größer wird. Der Erste, der den Ballon zum Platzen bringt, gewinnt. Aber etwas sagt dir, dass es in diesem Spiel des Jokers keinen Gewinner gibt – abgesehen vom Joker selbst.

»Lass sie gehen, Joker«, sagst du.

»Warum sollte ich das tun?«, fragt der Joker. »Wo ich doch gerade dabei bin, meine alten Freunde, den Pinguin und den Riddler, zu besiegen. Die waren doch tatsächlich verrückt genug zu denken, dass sie eindrucksvollere Verbrechen als ich begehen können.«

»Was genau hast du vor?«, fragst du.

»Eine wirklich wunderschöne Sache«, antwortet er. Der Joker zeigt zur anderen Seite des Raumes, wo, wie du jetzt erst bemerkst, zwei Männer in einer Glaszelle eingesperrt sind und dort an Computern arbeiten. Das müssen die entführten Wissenschaftler sein. »Diese beiden freundlichen Gentlemen haben eine Maschine für mich gebaut, die ein künstliches Sonnenfeuer über ganz Gotham City erzeugen wird.«

»Ein Sonnenfeuer würde eine unglaubliche elektromagnetische Ladung freisetzen«, sagst du.

»Sieht aus, als hätte da jemand eine Eins in Physik eingeheimst«, feixt der Joker. »Das ist korrekt. Und die elektromagnetische Ladung wird alle Formen von Kommunikation ausschalten: Ob Satelliten, Radio, Funk, Handys … nichts wird mehr funktionieren!«

Der Joker bricht in ein irres Lachen aus.

»Aber dann wirst auch du nicht mehr kommunizieren können«, gibst du zu bedenken, darauf bedacht, erst einmal Zeit zu gewinnen.

»Aber das werde ich, Batman«, widerspricht der Joker. »Die gesamte Einrichtung hier wird von einem Faraday'schen Käfig geschützt, der, wie du bestimmt weißt, elektromagnetische Ladungen ablenkt. Der elektromagnetische Impuls wird ihn nicht durchdringen, und ich werde ganz Gotham City unter Kontrolle haben!«

Du greifst an deinen Ausrüstungsgürtel, um eine Waffe zu ziehen. Doch wie aus dem Nichts tauchen plötzlich zwei Handlanger des Jokers auf und packen dich an den Armen. Der Joker nimmt sich die Spritzpistole, zielt damit auf den Mund des Clowns, und der Ballon beginnt sich mit Wasser zu füllen.

»Hä-hä-hä!«, lacht der Joker höhnisch. »Wofür entscheidest du dich, Batman? Du kannst zusehen, wie die liebreizende Zatanna in das Säurefass fällt. Oder du ergibst dich kampflos, und dann befreie ich Zatanna ebenso wie die beiden Wissenschaftler.«

Willst du dich ergeben, dann lies weiter auf Seite 179.
Weigerst du dich, fahre auf Seite 211 fort.

Fortsetzung von Seite 167

Du holst ein Jetpack aus dem Batmobil und befestigst das Fluggerät an deinem Rücken.

»Wir fliegen aufs Dach hinauf und sagen dem Riddler Hallo, wenn er nicht damit rechnet«, sagst du.

»Auf die Beute herabstürzen wie eine Fledermaus«, sagt Blue Beetle. »Ganz nach meinem Geschmack!«

Blue Beetle saust auf das Dach des Gebäudes hinauf, und du folgst mit Hilfe deines Jetpacks. Kaum bist du sicher auf dem Dach gelandet, rennst du auf eine Tür zu, die in das Innere des Gebäudes führt. Hinter der Tür geht es über eine Leiter nach unten weiter, und ihr beide klettert hinab.

RUMS! Am Ende der Leiter warten bereits Riddlers Komplizen auf euch, und einer von ihnen rammt dir seine Faust direkt ins Gesicht. Doch zum Glück schützt deine Batmaske dich vor dem Schlag. Wütend auf dich selbst, wirbelst du herum und setzt ihn mit einem Fußtritt außer Gefecht. Der Riddler muss damit gerechnet haben, dass ihr über das Dach kommt.

Du schlägst einen weiten Handlanger des Riddlers k. o., während Blue Beetle den Rest mit Schockstößen aus seinen Boosterdüsen erledigt.

»Zum Kontrollraum!«, sagst du.

Alarmtöne hallen durch das Gebäude, als ihr zum Kontrollraum rennt. Irgendwie muss es dem Riddler und seinen Komplizen gelungen sein, alle Kraftwerksarbeiter außer Gefecht zu setzen. Kaum habt ihr den Kontrollraum erreicht, entdeckt ihr zwei Angestellte, die gefesselt am Boden liegen. Aber der Riddler ist nirgends zu sehen.

»Er ist wegerannt, als er euch kommen hörte«, sagt einer der Männer.

»Ihr seid gerade noch rechtzeitig gekommen«, sagt er andere. »Er war gerade dabei, den Strom herunterzufahren.«

Rasch befreit ihr die beiden, bevor ihr wieder auf das Dach zurückrennt. Als ihr hinunterfliegt, haltet ihr nach Hinweisen auf den Riddler Ausschau. Aber es ist keine Spur von ihm zu entdecken.

»Zumindest hat er das Kraftwerk nicht abgeschaltet«, sagt Blue Beetle.

Da hat er recht … aber du wünschst, du hättest dir den Riddler schnappen können.

ENDE

Fortsetzung von Seite 157

Der Regenschirm des Pinguins hat dir schon den ganzen Tag Ärger bereitet. Also greifst du zuerst danach und schleuderst das Ding quer durch den ganzen Raum.

»Die Fledermaus ist los!«, kreischt der Joker.

Der Riddler versucht, dich mit einem Elektroschock aus seinem Fragezeichenstock zu erledigen, aber du trittst ihm das Ding aus der Hand.

Der Pinguin watschelt hastig hinter seinem Regenschirm her. Doch du drückst auf eine Taste an deinem Handgelenk, und ein Batarang kommt herausgeschossen, an dem eine Schnur befestigt ist. Der Batarang schwirrt ein paar Mal um den Pinguin herum, und die Schnur schlingt sich um seine Beine.

RUMS! Der Pinguin schlägt mit dem Gesicht auf dem Boden auf.

»*Hä-hä-hä!*, Batman! Möchtest du mal an meiner Blume schnuppern?«, fragt der Joker und drückt im selben Moment schon auf die große Kunstblume die an seiner grünen Jacke steckt. Dir ist klar, dass, was immer auch da gleich herausgeschossen kommt, nicht gut ist.

Blitzschnell schnappst du dir den verdutzten Riddler und bugsierst ihn direkt zwischen dich und die Joker-Blume. Ehe er weiß, wie ihm geschieht, kommt ein grünes Gas aus der Blüte geschossen und trifft ihn genau ins Gesicht. Bewusstlos sackt der Gangster zu Boden.

Der Joker fängt an zu kichern. »Jetzt heißt es nur noch du und ich, Batman … oh, und Pinguins Handlanger natürlich!«

Vergnügt klatscht der Joker in die Hände, als vier von Pinguins Schlägern versuchen, dich anzugreifen. Aber sie haben heute schon so einiges von dir und Bronze Tiger einstecken müssen, und ihnen brummt immer noch der Schädel.

PAFF! Du verpasst einem der Typen einen Kinnhaken.

SCHMETTER! Du schlägst zwei weitere mit den Köpfen gegeneinander.

RUMS! Dem vierten rammst du deinen Ellenbogen in den Magen. Der Joker beginnt, sich im Rückwärtsgang davonzumachen. »Hat wirklich Spaß gemacht, Batman. Aber ich denke, ich gehe jetzt mal besser. Hier ist noch was Leckeres für deine Heimfahrt.«

Der Joker holt jeweils eine Handvoll Bananenschalen aus seinen Taschen und wirft sie dir vor die Füße. Mit einem Salto springst du in hohem Bogen über sie hinweg, um schon im nächsten Moment wieder genau hinter dem Joker zu landen. Rasch reißt du ihm die Hände auf den Rücken und legst ihm Handschellen an.

»Da musst du dir schon was Besseres einfallen lassen, damit mir ein Ausrutscher passiert«, sagst du.

Obwohl du den einen oder anderen Fehler gemacht hast, bist du im Großen und Ganzen ziemlich zufrieden damit, wie die Dinge gelaufen sind. Schließlich hast du drei Superschurken an einem Tag geschnappt!

ENDE

Fortsetzung von Seite 123

Zweifellos ist der Joker der unberechenbarste der drei Schurken … und der gefährlichste. Vermutlich kann die Polizei erst einmal alleine mit dem Pinguin fertig werden. Daher beschließt du, dir zuerst den Joker vorzunehmen und die entführten Atomwissenschaftler zu finden.

Dazu musst du zunächst einmal seinen Unterschlupf aufspüren. Also schwingst du dich in das Batmobil und fährst zur Bathöhle zurück, um dort ein paar Nachforschungen anzustellen. Während der Fahrt meldet sich plötzlich das Batphone mit einem Piepen.

»Hey, Batman, ich bin's, Zatanna.« Zatanna Zatara ist eine Bühnenzauberin mit tatsächlichen magischen Kräften, die sie von ihrem Vater geerbt hat. »Im Club reden alle über irgendeinen abgedrehten Wettkampf, den der Joker, der Pinguin und der Riddler gerade austragen. Brauchst du Hilfe?«

»Ja«, antwortest du, ohne zu zögern. Schließlich kann man nie wissen, was für Tricks der Joker auf

Lager hat. Zatanna an der Seite zu haben könnte sich als nützlich erweisen. Schließlich verfügt sie selbst über eine ganz beachtliche Trickkiste, deren Inhalt sich in der Vergangenheit bereits als ziemlich beeindruckend erwiesen hat.

Du holst Zatanna vom Nachtclub ab, in dem sie auftritt.

Zu ihrem Zauberzylinder und dem Smoking trägt sie ein weißes Hemd samt Krawatte sowie schwarze Shorts und eine violette Strumpfhose.

»Schön, dich zu sehen, Batman«, begrüßt sie dich und steigt zu dir ins Batmobil. »Also, was liegt an?«

»Der Joker hat zwei Atomwissenschaftler gekidnappt«, erwiderst du. »Ich will herausfinden, wo er sie versteckt hält.«

»Oh, dann kriege ich also endlich mal die Bathöhle zu sehen?«, fragt Zatanna erwartungsvoll.

»Klar. Nur leider kann ich nicht zulassen, dass du sie auch von außen siehst.«

Blitzschnell berührst du ihren Arm mit einem Spezialstift, der ihr ein Schlafmittel injiziert. Langsam fallen Zatanna die Augen zu.

»Das ist … nicht fair«, murmelt sie.

Du hasst es, das zu tun. Aber für Außenstehende,

die deinen geheimen Unterschlupf aufsuchen, gehört das zur Standardprozedur. Schließlich wäre es auch kein geheimer Unterschlupf mehr, wenn alle wüssten, wo er sich befindet.

Das Schlafmittel wirkt nicht lange. Nach wenigen Minuten seid ihr sicher in der Bathöhle. Wieder hellwach, betrachtet Zatanna ehrfurchtsvoll das komplexe System aus Computern und technischen Apparaturen.

»Cool«, haucht sie voller Bewunderung. »Für mich ist dieses ganze Zeug geheimnisvoller als Magie.«

Du rufst einen Plan von Gotham City auf einem riesigen Bildschirm auf. Darauf ist die komplette Untergrundstruktur der Stadt verzeichnet. Du hältst nach einem Ort Ausschau, der groß genug wäre, um dort nukleare Experimente durchzuführen.

Schnell findest du zwei mögliche Stellen. Du zoomst die erste heran und klickst sie an, woraufhin sich ein Link aktiviert, der automatisch zum entsprechenden Grundbucheintrag führt.

»Ein Kaufhaus. Besitzer ist ein gewisser Howie Laff«, liest du laut vor.

»Howie Laff? Klingt definitiv wie etwas, was sich der Joker einfallen lassen würde«, sagt Zatanna.

Du klickst den zweiten Ort an und studierst dessen Grundbucheintrag. Es handelt sich um einen Comedy Club namens »Der Juxschuppen«, der einem gewissen John Smith gehört.

»Beides könnten Tarnadressen des Jokers sein«, sagt Zatanna. »Die Verbindungen sind ziemlich naheliegend.«

»Vielleicht *zu* naheliegend«, gibst du zu bedenken. »Bei einer von beiden könnte es sich um eine Falle handeln.«

Wenn du zuerst zum Kaufhaus willst,
lies weiter auf Seite 173.
Möchtest du jetzt lieber zum Juxschuppen,
fahre auf Seite 194 fort.

Fortsetzung von Seite 205

Rasch setzt du dir eine Gasmaske auf und wirfst Bronze Tiger eine zweite zu. Aber statt Betäubungsgas kommen auf einmal kleine Wurfsterne aus dem Schirm geschossen.

Bronze Tiger weicht mit einem Rückwärtssalto den scharfen Projektilen aus. Du machst einen Hechtsprung zur Seite, aber einer der Wurfsterne trifft dich an der Schulter.

Augenblicklich spürst du, wie du müde wirst, und dir wird klar, dass die Spitzen der Wurfsterne mit irgendetwas bestrichen worden sein müssen. Du ziehst den Wurfstern heraus, aber das Gift des Pinguins ist bereits in deinem Körper. Während sich deine Augen langsam schließen, siehst du noch, wie sich sechs fiese Schlägertypen Bronze Tiger nähern.

Als du wieder aufwachst, befindest du dich erneut im Unterschlupf des Pinguins. Dieses Mal jedoch bist du in einem Käfig eingesperrt.

»Mach dir nicht die Mühe, nach deinem Ausrüstungsgürtel zu suchen«, quäkt der Pinguin. »Diesmal habe ich dafür gesorgt, dass er entfernt wird.«

Einer von Pinguins Handlangern hält ihn grinsend vor dir in die Höhe.

»Die Käfigstangen bestehen aus Titanstahl«, fährt der Pinguin fort. »Einhundert Prozent fledermausfest.«

»Wo ist Bronze Tiger?«, fragst du.

»Er ist entkommen, aber das ist völlig in Ordnung«, erwidert der Pinguin. »Der ist nur ein kleiner Fisch, Batman. Aber der größte Fisch befindet sich hier direkt vor meiner Nase!«

Er kichert und gackert vor Vergnügen. Hinter ihm leuchtet plötzlich ein großer Bildschirm auf, und gleich darauf taucht dort ein bleiches, von hellgrünen Haaren eingerahmtes Gesicht mit einem grässlichen Grinsen auf: der Joker!

»*Hä-hä-hä-hä!*«, lacht der Joker. »Ich hab deinen kleinen Bankraub in den Nachrichten gesehen, Pingi. Nette Arbeit für einen Amateur!«

»Also, ich sollte dir …«, murmelt der Pinguin leise.

»Und die Eiscremeparty des Riddlers ist nicht einmal eine Erwähnung wert«, fährt der Joker fort. »In der Zwischenzeit habe ich ein künstliches Sonnenfeuer kreiert, das sämtliche Kommunikationssysteme in Gotham City ausgeschaltet hat! Ich kontrolliere alles! Ich gewinne!«

»Ach, tust du das?«, sagt der Pinguin.

»Natürlich«, antwortet der Joker kichernd. »Pinguin, alter Freund, du kennst doch die Regeln. Wer auch immer das größte Verbrechen begeht, ohne von Batman geschnappt zu werden, gewinnt.«

»Und was, wenn einer von uns Batman schnappt?«, fragt der Pinguin.

»Was?« Der Joker ist eindeutig überrascht.

Der Pinguin tritt zur Seite, um den Blick auf deinen Käfig freizugeben. »Und siehe da: der mächtige Batman!«

»Blödsinn!«, blafft der Joker. »Das ist nur einer deiner Handlanger in einem Kostüm.«

»Batman, sag mal was zum Joker! Beweise, wer du bist«, befiehlt der Pinguin dir.

Du magst vielleicht in einem Käfig stecken, aber du machst hier für niemanden den Hampelmann. Du bleibst stumm.

»Ha!«, feixt der Joker. »Wusste ich's doch, dass du lügst!«

»Er ist der echte, und ich werde es dir beweisen«,

antwortet der Pinguin. »Komm doch hier runter, und überzeug dich selbst.«

»Na gut!«, schnauzt der Joker zurück. »Und den Riddler bringe ich auch mit!«

Der Pinguin kommt zu dir an den Käfig. »Benimm dich, Batman. Ich habe schließlich einen Wettbewerb zu gewinnen.«

»Keine Sorge, Pinguin. Ich bleibe hier«, antwortest du und meinst es auch so. Wie oft bietet sich einem schon die Gelegenheit, den Pinguin, den Joker und den Riddler gleich auf einen Streich zu schnappen? Aber erst mal musst du aus diesem Käfig rauskommen.

Der Pinguin denkt, dass es ziemlich clever von ihm war, dir den Ausrüstungsgürtel abzunehmen. Aber dein Bat-Spezialanzug ist für alle Eventualitäten gerüstet. Du lässt die Finger unter die Ärmel gleiten und ziehst einen Dietrich hervor. Während der Pinguin aufgeregt herumwatschelt, um alles auf den hohen Besuch vorzubereiten, knackst du klammheimlich das Schloss des Käfigs.

Doch du wartest erst mal einen Moment, bevor du die Tür öffnest. Schon nach wenigen Minuten treffen der Joker und der Riddler ein. Der Riddler ist in vollem Kostüm erschienen und trägt neben einer violetten Augenmaske seinen typischen grünen Anzug mit dem schwarzen Fragezeichen auf der Brust. Außerdem hat er natürlich seinen unverwechselbaren Spazierstock dabei, der wie ein Fragezeichen geformt ist.

»*Hä-hä-hä!*«, lacht der Joker, als er dich sieht. »Ein Fledermäuschen in der Falle! Sieht aus, als hättest du am Ende doch gewonnen, Pinguin.«

Genau in diesem Moment trittst du in Aktion und kommst aus dem Käfig gestürmt. Jetzt müssen deine Gegner nur noch entwaffnet werden.

Möchtest du zuerst dem Pinguin den Regenschirm abnehmen, lies weiter auf Seite 146.
Schnappst du dir lieber den Fragezeichenstock des Riddlers, mache auf Seite 217 weiter.

Fortsetzung von Seite 199

»Uns durchzusprengen ist das Risiko wert«, sagst du. »Dieses Mal will *ich* den Riddler überraschen.«

»Hört sich gut an«, stimmt Blue Beetle dir zu.

Du platzierst eine kleine Sprengladung an der Wand des Labyrinthes. »Tritt zurück«, warnst du deinen Partner.

KAWUUUM! Die Wand fällt in sich zusammen, aber die Struktur des Tunnels bleibt intakt. Blue Beetle und du klettert durch den Schutt und findet euch gleich darauf in einem Lagerraum wieder. Weder wartet eine weitere Falle auf euch noch einer von Riddlers Handlangern.

»Der Riddler befindet sich vermutlich im Kontrollraum«, sagst du.

Ihr stürmt durch die Gänge des Kraftwerks. Der Riddler und seine Komplizen haben alle Arbeiter gefesselt. Als ihr den Kontrollraum erreicht, ist der Riddler völlig geschockt, dich zu sehen.

»Batman! Blue Beetle! Wie seid ihr an meinen Fallen vorbeigekommen?«, fragt er.

Ohne Zeit zu verlieren, schnappt ihr euch den Gangster.

»Sorry!«, sagst du. »Sieht aus, als würdest du den Wettkampf verlieren. Der Pinguin ist auch schon aus dem Rennen.«

»Der Joker gewinnt!«, jammert der Riddler. »Wie unfair! Das werde ich nicht zulassen.«

Der Riddler erzählt dir haargenau, was der Joker plant. Rasch nimmst du Verbindung mit The Flash auf, um ihm die Information mitzuteilen. Nicht lange, und der Joker ist gefangen. Du verspürst große Erleichterung, als endlich alle drei Superschurken hinter Gittern sind.

»War ein langer Tag«, sagt Blue Beetle. »Was hältst du davon, wenn wir noch irgendwohin gehen und uns entspannen?«

»Ein Held hat nie Feierabend«, erinnerst du ihn. »Aber nach allem, was wir durchgemacht haben, könnte ein wenig Entspannung sicher nicht schaden!«

ENDE

Fortsetzung von Seite 196

Du willst Zatanna vor den tödlichen Blumen abschirmen und hechtest quer durch den Raum auf sie zu. Doch kaum bist du vom Boden abgesprungen, lässt Zatanna einen Zauberspruch vom Stapel, um die Dinger abzublocken.

»TLLAF DNU DIES SOLFLIH!«, schreit sie.

Wie immer, wenn sie einen Zauberspruch aufsagt, spricht sie rückwärts. Es funktioniert. Die Blumen prasseln auf den Boden. Dann wird alles schwarz.

Als du wieder wach wirst, sitzt du im Batmobil … neben Zatanna.

»Du bist meinem Zauberspruch in die Quere gekommen«, erklärt sie. »Statt den Joker weiter zu verfolgen, musste ich dich da erst einmal rausbringen. Leider hat er es inzwischen irgendwie geschafft, alle Kommunikationssysteme in Gotham City lahmzulegen.«

»Lass mich raten«, sagst du. »Der Einzige, der immer noch kommunizieren kann, ist der Joker, richtig?«

Zatanna nickt. Hättest du dich doch nur nicht vor die Blumen geworfen. Jetzt ist ganz Gotham City in seiner Hand.

ENDE

Fortsetzung von Seite 199

»Versuchen wir unser Glück mit der Tür«, schlägst du vor. »Wir werden bereit für den Riddler sein.«

Du öffnest die Tür, und vor dir huscht ein Schatten vorbei. Ohne nachzudenken, feuert Blue Beetle seine Laserwaffen auf den Schatten ab.

Um dich herum beginnt der Boden, in einzelne Teile zu zerbröckeln und in die Tiefe zu stürzen. Während du verzweifelt versuchst, das Gleichgewicht zu halten, siehst du, dass du auf der Spitze eines schmalen Eisenpfahls stehst. Der Abgrund unter dir ist so tief, dass du nicht bis zum Boden sehen kannst.

Du überfliegst die Lage. Zwischen dir und der Tür befindet sich ein weiterer Pfahl. Aber Blue Beetle hat nichts weiter um sich als leeren Raum. Reglos schwebt er in der Luft.

»Beetle, flieg zur Tür!«, sagst du.

»Ich versuch's ja, aber ich kann nicht«, erwidert er. »Hier drinnen scheint es irgendeine Art von elektromagnetischem Impuls zu geben, der meinen Anzug stört. Geh ohne mich weiter. Ich komm schon klar.«

Wenn du den Riddler verfolgen willst,
lies weiter auf Seite 202.
Möchtest du lieber Blue Beetle helfen,
fahre auf Seite 209 fort.

Fortsetzung von Seite 208

Du drehst das Rad nach rechts. Mit einem klackernden Geräusch dreht und dreht es sich, bevor es schließlich langsamer wird … und auf »Joker-Gift« stehenbleibt.

Beim Joker-Gift handelt es sich um ein grünes Gas, das ein grässliches, eingefrorenes Grinsen auf den Gesichtern seiner völlig gelähmten Opfer erzeugt. Nicht gut. Rasch streifst du eine Sauerstoffmaske über, als das Gas durch die Wände zu dringen beginnt.

Die Sauerstoffmaske wird dir etwas Zeit verschaffen … aber nicht viel. Noch einmal nimmst du den Raum genauestens unter die Lupe.

Wenn du innerhalb von zwanzig Minuten keinen Weg hinaus findest, wirst du diesen Raum womöglich nie mehr verlassen.

ENDE

Fortsetzung von Seite 224

»Okay«, sagst du. »Lass uns sehen, ob wir den Riddler im Park schnappen können, bevor er wieder davonkommt.«

Ihr braust in vollem Tempo zum Stadtpark, der sich nicht weit entfernt vom städtischen Pool befindet. Als ihr euer Ziel erreicht, kommen bereits Leute schreiend aus dem Park gerannt.

Du und Blue Beetle verlasst das Batmobil und rennt auf die Bäume zu. Die Blätter fallen wie Schneeflocken auf den Boden. Du blickst nach oben und entdeckst einen Schwarm fragezeichenförmiger Klingen, die durch die Luft wirbeln und bei ihrem Flug durch die Baumkronen sämtliche Blätter abschneiden.

»Die müssen ferngesteuert sein«, sagst du. »Wenn wir die Sendequelle finden, können wir das stoppen.«

Blue Beetles Anzug gibt ein Piepen von sich. »Mir nach, Batman!«, fordert er dich auf.

Blue Beetle fliegt davon, und du folgst zu Fuß. Er

führt dich zu einem lila-grünen Lieferwagen, der in einem entfernten Winkel des Parks abgestellt worden ist. Eine Horde Schlägertypen in lilafarbenen Overalls hält Fernsteuerungen in den Händen, und jeder hat ein anderes Zeichen auf der Brust: !, #, @ und *.

Ohne zu zögern, feuert Blue Beetle eine Salve Schockstöße aus den Booster-Düsen unter seinem Arm ab.

RAWUSCH! RAWUSCH! RAWUSCH! RAWUSCH! Die Stöße reißen sämtlichen Schurken die Fernsteuerungen aus den Händen. Sich gegenseitig schiebend und schubsend, versuchen sie zu entkommen.

Dann springt plötzlich der Lieferwagen an. Der Riddler muss am Steuer sein! Du schießt einen Greifhaken samt Seil auf den hinteren Kotflügel des Wagens ab. Du willst das Ganze beenden – und zwar auf der Stelle.

Aber der Kraft des Raketenboosters, mit dem der Lieferwagen ausgestattet ist, kann dein Haken nicht standhalten.

Als der Riddler davonbraust, flattert dir ein Zettel in die Hand, auf dem ein Fragezeichen prangt. Blue Beetle landet neben dir, während du den letzten

Hinweis entfaltest. »*Errätst du das, Batman? Welches Werk kann man nicht lesen?*«

»Ein Kraftwerk!«, ruft Blue Beetle. »Du hattest recht, Batman. Das ist seine ultimative Preisfrage.«

Du nickst. »Dann los!«

Als ihr das Kraftwerk erreicht, ist der Lieferwagen des Riddlers bereits da. Du kennst einen unterirdischen Gang, durch den ihr ins Gebäude kommen könnt. Oder vielleicht überrascht ihr ihn besser, indem ihr über das Dach eindringt.

Willst du es mit dem Dach versuchen,
lies auf Seite 143 weiter.
Entscheidest du dich für den unterirdischen Gang,
fahre auf Seite 197 fort.

Fortsetzung von Seite 138

Huntress' Charme könnte genau das sein, was du jetzt brauchst, um dem Pinguin entgegenzutreten. Du funkst sie an.

»Huntress, der Pinguin raubt gerade die Gotham First National Bank aus. Können wir uns da treffen?«, fragst du.

Eine sexy Stimme antwortet: »Nun, auch dir erst einmal einen schönen guten Tag, Batman. Natürlich können wir. Du weißt doch, dass ich nie nein zu dir sagen kann.«

»Verstanden.«

Kaum hast du kurz darauf die Bank erreicht, siehst du, wie der Schlägertrupp des Pinguins prall gefüllte Geldsäcke in einen schwarz-weißen Lieferwagen einlädt. Alle Gangster tragen schwarze Hosen, schwarze Rollkragenpullover und schwarze Hüte.

Als du aus dem Batmobil steigst, hörst du plötzlich eine Stimme hinter dir.

»Bereit für ein wenig Action, Batman?«

Es ist Huntress. Sie trägt einen violetten Superheldenanzug, lange Handschuhe, hohe schwarze Stiefel und eine Maske über den Augen. Ihr glattes, schwarzes Haar fällt bis auf ihre Schultern.

»Dann lass uns diese Typen erledigen«, erwiderst du.

Huntress sondiert die Lage. »Keine Spur von unserem Freund im Smoking. Lass mich ihn aus dem Lieferwagen locken. Einen heimtückischen Angriff mit seinem Regenschirm ist das Letzte, was wir jetzt gebrauchen können.«

»Gute Idee«, räumst du ein. »Ich gebe dir Rückendeckung.«

»Weiß ich«, sagt sie, bevor sie auch schon mitten hinein in die Schlägerbande des Pinguins stürmt.

Die Gangster sind völlig überrascht. Perfekt. Du stürzt dich mit in den Kampf.

RUMS! SCHMETTER! PAFF! Du deckst die Männer mit einem wahren Hagel von Fausthieben ein, während du gleichzeitig ihren Konterschlägen geschickt ausweichst. Inzwischen ist Huntress bereits auf das Dach des Lieferwagens gesprungen.

Im nächsten Moment gleitet ein Teil des Wagendachs auf, und der Pinguin kommt mit seinem Schirm in der Hand herausgeklettert. Allerdings ohne Huntress zu sehen, die sich hinter ihm befindet. Rasch zückt sie ihre Armbrust und drückt ihm die Spitze in den Nacken.

»Schirm fallen lassen«, befiehlt sie, »oder du wirst nie wieder auch nur eine einzige Sardine essen.«

Der Pinguin gehorcht.

»Guter Junge«, sagt Huntress. »Ich bin sehr enttäuscht von dir, Pinguin. So ein kultivierter Gentleman wie du raubt eine Bank aus?«

Der Pinguin ist Wachs in ihren Händen. »Da haben Sie ja so recht, meine reizende Huntress«, sagt er. »Warum lassen Sie mich nicht einfach gehen, und dann erweise ich Ihnen meine Dankbarkeit, indem ich Sie in mein Lieblingsfischrestaurant einlade.«

Mit einem Karatetritt beförderst du den letzten noch stehenden Schläger des Pinguins endgültig zu Boden, bevor du auf den Lieferwagen springst.

»Das einzige Essen, das du heute Abend bekommst, ist Wasser und Brot«, stellst du klar.

Der Pinguin runzelt die Stirn. »Batman! Dauernd verdirbst du einem den Spaß.«

»Er kann nun mal nicht anders«, zieht Huntress ihn auf. »So ist er halt.«

Du hast genug vom Reden. Du legst dem Pinguin Handschellen an und bugsierst ihn vom Dach des Lieferwagens. Im nächsten Moment trifft auch schon die Polizei ein, die hilft, den Pinguin und seine Spießgesellen in einen Polizeiwagen zu verfrachten.

»War ja gar nicht so schwer«, sagt Huntress. »Was meinst du, Batman? Ich hab zwar noch ein Date, aber das werd ich glatt absagen. Wie wär's mit einem Film?«

»Ich hab noch mehr zu erledigen«, erwiderst du. »Der Joker und der Riddler machen immer noch Probleme.«

Das Funkgerät an deinem Ausrüstungsgürtel gibt einen Piepton von sich.

»Batman, hier ist Flash«, meldet sich dein Freund. »Ich hab von den gekidnappten Atomwissenschaftlern gehört. Ich bin auf dem Weg, um den Joker aufzustöbern. So wie ich es sehe, hast du heute alle Hände voll zu tun.«

»Danke, Flash«, sagst du. »Huntress und ich haben uns um den Pinguin gekümmert. Wir nehmen uns jetzt den Riddler vor und sehen nach dir, wenn wir fertig sind.«

»Klingt nach einer guten Idee!«, erwidert Flash.

Kaum hat er die Verbindung beendet, kommt eine fliegende blaue Gestalt aus der Luft herabgeschossen und landet genau zwischen dir und Huntress. Es ist Blue Beetle!

»Batman, ich habe in den Nachrichten gehört, was der Joker, der Pinguin und der Riddler gerade abziehen«, sagt der eifrige junge Held. »Ich bin gekommen, um zu helfen.«

»Sieht so aus, als hättest du genug Rückendeckung, Batman«, sagt Huntress. »Schätze, ich werde am Ende doch zu meinem Date gehen. Ich bin sicher, ihr Jungs könnt allein auf euch aufpassen.«

Du wendest dich an Blue Beetle.

»Danke, dass du gekommen bist«, sagst du. »Dann auf zur Eiscremefabrik.«

Lies weiter auf Seite 131.

Fortsetzung von Seite 152

Es gibt keine logische Methode, um diese Entscheidung korrekt zu treffen. Du wirst dich einfach für eine von beiden entscheiden müssen und sehen, was dann passiert.

»Versuchen wir's mit dem Kaufhaus«, sagst du schließlich.

In rasender Fahrt durch Gothams Straßen haltet ihr auf das Kaufhaus zu. Es liegt an einer verlassenen Straße in einem Außenbezirk der Stadt. So wie es aussieht, ist seit Jahren niemand mehr hier gewesen.

»Kein übler Platz für einen geheimen Schlupfwinkel«, sagt Zatanna.

»Könnte sein«, stimmst du zu.

Die Türen des Kaufhauses stehen weit offen. Ihr betretet einen riesigen Raum voller leerer Stahlregale, Staub und Spinnenweben.

»Irgendwo hier könnte es einen Zugang zum unterirdischen Labor geben«, überlegst du laut. »Er könnte versteckt sein, sich aber auch direkt vor unserer Nase befinden. Beim Joker kann man nie wissen.«

Zatanna nickt. »Kapiert.«

Ihr trennt euch und sucht das Kaufhaus ab. Wenig später ruft Zatanna dich.

»Batman, hier ist eine komische Tür.«

Du begibst dich zu ihr. Sie steht vor einer Metalltür ... die im Gegensatz zu allen anderen Sachen hier nagelneu aussieht.

»Könnte eine Falle sein«, warnst du sie. »Lass mich sie aufmachen.«

Du drehst am Türknauf ... und plötzlich wird dir der Boden unter den Füßen weggerissen! Du hast eine Falle ausgelöst.

Du fällst und fällst und fällst und landest schließlich mit dumpfem Aufprall auf einem Zementboden. Im nächsten Augenblick schlägt Zatanna neben dir auf. Schutzmaske und Panzeranzug haben dich vor den Folgen des Sturzes bewahrt, aber Zatanna ist verletzt. Du prüfst ihren Puls. Sie atmet noch, ist jedoch bewusstlos.

Über euch gleitet das Loch in der Decke wieder zu, und dir wird klar, dass ihr in einer Zelle gefangen seid. Wie es aussieht, gibt es keinen Weg nach draußen. Zatanna könnte euch mit Hilfe ihrer Magie vielleicht herausbringen, aber solange sie noch k. o. ist, ist da nichts zu machen.

Vorerst sitzt ihr beide in der Falle.

ENDE

Fortsetzung von Seite 187

»Flash, hol schon mal den Wagen«, sagst du.

»Okay«, antwortet dein Partner und ist auch schon verschwunden …

… um nicht einmal eine viertel Minute später mit quietschenden Reifen vor der Garage vorzufahren. Du rennst zum Fahrersitz.

»Was? Ich soll nicht weiterfahren?«, fragt Flash.

Du machst dir nicht die Mühe, darauf zu antworten. Seufzend flitzt Flash auf die andere Seite des Wagens zum Beifahrersitz. Dann braust ihr davon, um das Jokermobil zu verfolgen.

In null Komma nichts hast du das Jokermobil auf einem einsamen Abschnitt des Highways eingeholt. Der Joker entdeckt dich im Rückspiegel. Ein grünes Gas strömt aus dem Auspuff des Jokermobils.

»Joker-Gift«, sagst du. Das gefährliche Joker-Gas ist alles andere als ein Scherz. Zum Glück gelingt es dir gerade noch rechtzeitig, die Frischluftzufuhr ins Batmobil zu unterbrechen.

Aber der Joker versucht noch einmal sein Glück.

Am Heck seines Wagens öffnet sich eine kleine Klappe, aus der ein Fass mit scharfen Reißnägeln purzelt. Bei einem normalen Wagen würden sie die Reifen zerstechen, doch von den Reifen des Batmobils prallen sie nur harmlos ab.

Gleich darauf wird eine Düse ausgefahren, aus der Rasiercreme auf die Straße vor dir spritzt. Jeder andere Wagen wäre ins Schleudern geraten, aber du weichst mit Leichtigkeit aus und fährst neben der Leitplanke auf dem Seitenstreifen weiter.

In nächsten Augenblick befindest du dich auch schon vor dem Jokermobil. Mit quietschenden Reifen legst du eine Vollbremsung hin, und das Jokermobil gerät ins Schleudern, als der Joker versucht, sein Fahrzeug herumzureißen und zu wenden. Ein Greifhaken kommt aus dem Batmobil geschossen und krallt sich an der hinteren Stoßstange des Jokermobils fest.

Flash saust aus dem Batmobil, öffnet die Heckklappe des Jokermobils und befreit die Wissenschaftler. Währenddessen öffnet der Joker die Fahrertür und ergreift die Flucht. Aber blitzschnell schießt du ein Netz auf ihn ab, in dem er sich hoffnungslos verfängt.

»Gut gemacht, Batman«, räumt der Joker ein.

»Wenn ich schon nicht gewinne, ist dies das Zweitbeste, was mir passieren kann. Ich verliere lieber gegen dich als gegen den Pinguin oder den Riddler!«

An diesem Abend ist der Gangster-Wettbewerb *das* Thema in allen Nachrichten. Als du am nächsten Morgen die Zeitung zur Hand nimmst, springt dir eine beeindruckende Schlagzeile entgegen.

»Batman schnappt drei Superschurken an einem Tag!«

ENDE

Fortsetzung von Seite 142

Zatanna ist in höchster Gefahr.

»Abgemacht, Joker«, sagst du. »Ich ergebe mich.«

Du wirst in einen Käfig gesperrt. Aber der Joker schießt weiter mit der Wasserpistole auf den Mund des Clowns.

»Joker, lass sie frei!«, schreist zu.

»Sorry, hab meine Meinung geändert«, sagt er.

PAFF! Der Ballon explodiert. Aber Zatanna ist es irgendwie gelungen, ihre Hände zu befreien, und blitzschnell hat sie ihren Mund vom Schal befreit.

»ERUÄS UZ RESSAW!«

Auf ihren Befehl hin verwandelt sich die Säure in Wasser. Unversehrt platscht sie in den Pool.

»SALG EGNIRPSREZ!«

Die Glaswände, die die beiden Wissenschaftler umgeben, zerspringen. Zatanna stürmt zu den beiden und packt die Männer am Arm.

»TROPSNART!«

Alle drei verschwinden vor deinen Augen. Zatanna hat die Wissenschaftler gerettet. Jetzt musst du dich nur noch aus diesem verdammten Käfig befreien!

ENDE

Fortsetzung von Seite 224

»Die Blätter werden wieder nachwachsen«, sagst du. »Aber wenn ich richtigliege, was die Pläne des Riddlers betrifft, müssen wir ihn unbedingt aufhalten. Kapp an einem heißen Sommertag den Strom, und die Stadt wird in Chaos versinken.«

»Da ist was dran, Batman«, stimmt Blue Beetle dir zu.

Mit vollem Karacho düst ihr im Batmobil zum Kraftwerk und stellt den Wagen schließlich an einem hinter Büschen verborgenen Platz ab. Ihr könnt mehrere Angestellte sehen, die ganz normal ihrer Arbeit nachgehen. Vom Riddler ist jedoch nirgends eine Spur zu entdecken.

»Er wird bestimmt bald hier sein«, sagst du. »Lass uns warten.«

Nur Sekunden später kommt ein grüner, mit Fragezeichen versehener Lieferwagen am Tor des Kraftwerks vorgefahren.

»Jetzt!«, schreist du.

Blue Beetle und du stürzt aus eurem Versteck

hervor. Beetle traktiert die Reifen des Wagens mit Schockstößen aus seinen Booster-Düsen. Einer nach dem anderen zerplatzen sie. Gleich darauf öffnet sich das Heck des Wagens, und Riddlers Schlägertypen kommen aus dem Inneren hervorgequollen.

Während sich Blue Beetle um sie kümmert, zerrst du den Riddler aus dem Fahrzeug.

»Batman! Woher wusstest du, dass ich hier bin? Den letzten Hinweis hast du doch noch gar nicht bekommen!«, jammert der Riddler.

»So schwer bist du nun auch wieder nicht auszurechnen, Riddler«, antwortest du.

»Quatsch!«, kreischt der Riddler. »Ich habe drei ganze Lagerhäuser mit Eis gefüllt. Ich hätte ein Vermögen gemacht, wenn ich es an Gothams vor Hitze ächzende und schwitzende Bürger verscherbelt hätte. Aber du hast alle meine Pläne verdorben.«

Vier Streifenwagen tauchen auf, und die Polizisten machen sich daran, den Schlägern des Riddlers Handschellen zu verpassen. Du wendest dich an Blue Beetle.

»Kannst du dafür sorgen, dass der da hinter Gittern landet?«, bittest du ihn und weist mit einem Nicken auf den Riddler.

»Klar, Batman«, antwortet Blue Beetle fröhlich. »Freut mich, dass ich helfen konnte.«

»Danke, Beetle«, sagst du.

Somit sind zwei erledigt: der Pinguin und der Riddler. Dann piepst auf einmal dein Funkgerät. Es ist Flash!

»Ich habe das Versteck des Jokers gefunden!«

Lies weiter auf Seite 129.

Fortsetzung von Seite 130

»Ich denke, wir sollten vorsichtig vorgehen«, antwortest du. »Wenn du mit Supergeschwindigkeit unterwegs bist, könntest du eine Falle des Jokers übersehen.«

»Aber ich habe auch Superreflexe«, wendet Flash ein.

»Und ich habe es schon häufig mit dem Joker zu tun gehabt«, erwiderst du. »Es kann gefährlich sein, die Dinge zu überstürzen, wenn der Joker mit im Spiel ist.«

»Wie du willst«, antwortet Flash. Aber dir ist klar, dass er nicht deiner Meinung ist.

Ihr beide betretet den dunklen Tunnel. Du leuchtest euch mit deiner Taschenlampe den Weg. Der Tunnel erweist sich als lang und ist voller Windungen und Biegungen. Ihr legt über einen Kilometer zurück, ohne auf etwas Ungewöhnliches zu stoßen.

»Ich hab's doch gesagt, Batman«, sagt Flash. »Das hätte ich ebenso gut erledigen können.«

Da bemerkst du plötzlich, wie etwas im Licht deiner Taschenlampe glitzert.

»Stopp«, sagst du.

Gerade so eben kannst du die feinen Stränge eines Gespinstes oder Netzes ausmachen, das vor euch den Weg blockiert.

»Was … bloß ein Spinnennetz«, sagt Flash. »Na und?«

Langsam näherst du dich dem Netz, um es genauer unter die Lupe zu nehmen. Die Stränge sind dicht verwoben, wie bei einem richtigen Spinnennetz. Doch dann blickst du zu den Ecken empor, wo das Gebilde auf die Tunnelwände stößt, und siehst, dass es jeweils an einer runden Metallscheibe befestigt ist.

»Ich schätze, das ist eine Alarmvorrichtung«, sagst du. Du kletterst die Tunnelwände hoch und machst die Apparatur vorsichtig unschädlich. Dann zerschneidest du das Netz, so dass ihr sicher passieren könnt.

»Du hattest recht, Batman«, räumt Flash ein.

Ungefähr fünfzig Meter vor euch im Tunnel entdeckst du eine Metalltür, die in die Tunnelwand eingelassen ist. Dort angekommen, holst du eine kleine Sonde aus deinem Ausrüstungsgürtel und presst sie auf die Türfläche. Nun kannst du alles hören, was drinnen vor sich geht.

»Seid ihr beide bald mal fertig mit diesem künstlichen Sonnenfeuer?« Das war die Stimme des Jokers.

»Bald, Joker, bald«, erwidert ein Mann.

»Sobald ich es aktiviert habe«, hörst du den Joker sagen, »ist jede Form von Kommunikation in Gotham City ausgeschaltet. *Hä-hä-hä!* Ich werde alles kontrollieren!«

Du hast genug gehört. Du nickst Flash zu, bringst eine kleine Plastiksprengladung am Schloss an und jagst es in die Luft.

KAWUUUM! Ihr beide stürmt in den Raum. Fünf Komplizen des Jokers treten augenblicklich in Aktion und stürzen sich auf euch.

Doch bevor du auch nur einmal blinzeln kannst, schnappt sich Flash ein langes Seil, das an der Wand hängt, und schlingt es mehrere Male um die Gangster. Ehe die fünf wissen, wie ihnen geschieht, sind sie auch schon gefesselt. Doch in dem Durcheinander hat der Joker die Flucht ergriffen … zusammen mit zwei Komplizen, die die beiden Wissenschaftler hinter sich herzerren.

Du jagst ihnen nach. Aber gerade als du durch

die Tür stürmst, poppt vor dir ein riesiger aufblasbarer Clown auf und versperrt dir den Weg.

PAFF! Du verpasst dem Ding einen Boxhieb. Es fliegt nach hinten, kommt jedoch auf der Stelle wieder zurückgeschwungen.

Frustriert zerschlitzt du es mit einer Batklinge und lässt die Luft heraus.

Du bist wütend. Du hast keine Zeit mehr für die Trickserereien des Jokers.

Du rennst einen Gang entlang, der dich in eine Garage mit lauter hellgrünen Jokermobilen führt.

Ehe du etwas unternehmen kannst, braust der Joker auch schon in einem davon. Im nächsten Moment taucht Flash an deiner Seite auf.

Wenn du und Flash euch in eines der Jokermobile schwingen wollt, lies weiter auf Seite 135.
Schickst du Flash lieber fort, um das Batmobil zu holen, mache auf Seite 176 weiter.

Fortsetzung von Seite 134

Du nimmst eine Fernbedienung aus deinem Ausrüstungsgürtel, und in weniger als einer Minute taucht der Batcopter über euch am Himmel auf. Kaum ist er auf dem Fabrikparkplatz gelandet, klettert ihr rasch ins Cockpit.

Du lässt den Copter steil in die Höhe schießen und jagst mit Höchstgeschwindigkeit auf den Stadtpool zu. Schon bald siehst du ihn unter dir. Die Leute schwimmen und planschen im Wasser. Ihr seid noch nicht zu spät!

Du beginnst mit dem Landeanflug und hältst auf ein Baseballfeld zu, das sich unmittelbar rechts vom Pool befindet. Aber der Sinkflug wird jäh gestoppt, bevor ihr den Boden erreicht habt … etwas blockiert euren Kurs.

Blue Beetle wird aus dem Passagiersitz geschleudert.

»Es ist ein Netz!«, brüllt er über das Getöse der Turbine hinweg. »Sieht aus, als bestünde es aus irgendeinem Leichtmetall oder so was.«

Der Riddler muss damit gerechnet haben, dass du mit dem Batcopter zur Hilfe eilen würdest. Du versuchst abzudrehen, doch die Landekufen des Copters haben sich im Netz verfangen. Der Copter kippt zur Seite, zerreißt das Netz und stürzt ab.

Du kommst nicht mehr rechtzeitig aus der Maschine. Im nächsten Moment schlägt der Copter auch schon auf dem Boden auf, und ein brennender Schmerz schießt dir durch die rechte Schulter. Dir ist augenblicklich klar, dass sie wahrscheinlich gebrochen ist … und wie es scheint, dazu noch ein paar Rippen. Dann taucht Blue Beetle neben dir auf.

»Batman, bist du okay?«, fragt er.

»Ich komm schon klar«, erwiderst du. »Lass nur den Riddler nicht entkommen.«

Es gibt nichts mehr, was du tun kannst. Du wirst es Gothams anderen Helden überlassen müssen, die Sache für dich zu Ende zu bringen.

ENDE

Fortsetzung von Seite 138

Du kommst zu dem Schluss, dass ein paar zusätzliche Muskeln genau das sein könnten, was du jetzt brauchst. Rasch biegst du nach links ab und fährst zu einem Kampfkunst-Dojo, das sich in der Nähe befindet. Als du dein Ziel erreichst, siehst du, dass Bronze Tiger draußen steht und sich mit einigen jungen Schülern unterhält.

Du lässt das Seitenfenster herunter. »Ben. Der Pinguin raubt gerade die Gotham First National Bank aus. Ich könnte etwas Rückendeckung gebrauchen. Bist du dabei?«

Bronze Tiger antwortet, indem er auf den Beifahrersitz des Batmobils springt. Mit großen Augen verfolgen die Kids, wie du gleich darauf vom Bordstein davonbraust.

»Also, was genau liegt an?«, fragt dich Bronze Tiger. Ebenso wie du kommt er immer gleich zur Sache.

»Ich bin nicht sicher«, erwiderst du. »Der Pinguin, der Joker und der Riddler haben beschlossen, gleichzeitig loszuschlagen. Ich kümmere mich zuerst um den Pinguin.«

Mit quietschenden Reifen bringst du im nächsten Moment auch schon das Batmobil vor der Gotham First National Bank zum Halten. Gangster in schwarzen Hosen, schwarzen Rollkragenpullovern und mit schwarzen Bowlerhüten auf den Köpfen sind gerade dabei, Geld in das Heck eines Lieferwagens zu laden. Doch der Pinguin ist nirgends zu sehen.

Ihr springt aus dem Batmobil und stürmt auf die Bande zu.

SCHMETTER! Du schaltest einen der Typen mit einem Fausthieb ans Kinn aus.

KRACH! Bronze Tiger schleudert einen Dieb über die Schulter, der gleich darauf mit voller Wucht auf dem Boden aufschlägt.

Ihr macht euch so schnell über die Schlägerbande her, dass den Männern überhaupt keine Zeit bleibt, nach ihren Waffen zu greifen. Binnen einer Minute sind alle Handlanger des Pinguins entweder bewusstlos oder wälzen sich stöhnend vor Schmerzen am Boden.

»Nette Aktion«, lobst du Bronze Tiger.

Da gleitet plötzlich das Dach des Lieferwagens auf, und der Pinguin streckt seinen Kopf heraus.

Wie immer trägt er einen schwarz-weißen Smoking samt Zylinder, während die zusammengekniffene rechte Wange das Monokel vor seinem Auge in Position hält.

»Batman? Wer hat dich denn zu dieser Party eingeladen?«, keckert der Pinguin.

Bevor du reagieren kannst, kommt eine Gaswolke aus seinem Regenschirm geschossen. Augenblicklich fängst du an zu husten und zu würgen.

Dann wird alles schwarz.

Als du wieder aufwachst, hängst du mit dem Kopf nach unten. Deine zusammengebundenen Füße sind an einem Haken befestigt, der an der Decke hängt, während die auf den Rücken gebogenen Arme durch irgendeine Art von metallenen Handschellen gefesselt sind.

Gleich darauf regnet ein Funke von irgendwo oben auf dein Gesicht herab und landet britzelnd auf deinem Kinn. Schlagartig wird dir klar, dass die Handschellen mit Strom geladen sein müssen.

Als du nach unten blickst, siehst du einen Tank, der mit einem weißen, wabernden Nebel gefüllt ist.

»Kä, kä, kä«, lacht der Pinguin und hört sich dabei eher wie ein Vogel als wie ein Mensch an. »Das ist flüssiger Stickstoff, Batman. Nur ein Wort von

mir, und du und dein Freund werdet in den Bottich da fallen und euch in menschliche Eisstangen verwandeln! Was für eine entzückende Leckerei an einem heißen Sommertag, findest du nicht auch?«

»Du bist ein mieser, kaltherziger Verbrecher, Pinguin«, antwortest du, aber in Wirklichkeit willst du nichts als Zeit gewinnen. Hinter deinem Rücken tasten deine Finger unauffällig nach den Gegenständen in deinem Ausrüstungsgürtel. Gleich darauf schließen sie sich um eine kleine Säge und einen Mini-Taser.

Wenn du dich für die Säge entscheidest, um die Handschellen zu durchtrennen, lies weiter auf Seite 200.
Willst du jedoch versuchen, die Handschellen mit einer elektrischen Umkehrladung aus dem Mini-Taser auszuschalten, fahre auf Seite 203 fort.

Fortsetzung von Seite 152

Logik hilft dir bei der Wahl jetzt nicht weiter. Du musst dich einfach für eine Sache entscheiden.

»Wir können es ebenso gut zuerst im Juxschuppen versuchen«, sagst du.

Rasch verabreichst du Zatanna das Schlafmittel, als ihr die Bathöhle verlasst und euch zum Juxschuppen aufmacht. Ein paar Minuten bevor ihr euer Ziel erreicht, wacht sie wieder auf. Der Comedy Club liegt in einer Straße, die sich in einem belebten Teil der Stadt befindet, und ist von lauter Restaurants und Läden umgeben.

Ihr stellt das Batmobil ab und geht zum Juxschuppen. Die Tür ist offen.

»Das ist merkwürdig«, sagt Zatanna. »Die meisten Comedy Clubs machen erst abends auf.«

»Lass uns vorsichtig sein«, warnst du sie.

Du betrittst den Club als Erster. Er ist leer und dunkel. An der Wand dir gegenüber befindet sich eine Bühne, die von lauter kleinen Bistrotischen und Stühlen umgeben ist. Auf jedem Tisch steht eine Vase in der Mitte, in der eine einzelne gelbe Kunstblume steckt.

»Wir müssen den Eingang zu diesem unterirdischen Riesenraum finden, den ich auf den Plänen gesehen habe«, sagst du zu Zatanna.

Sie nickt. »Okay. Ich nehme die Bühne unter die Lupe.«

Zatanna geht an den Tischen vorbei auf die Bühne zu, als plötzlich die gelben Kunstblumen wie verrückt zu rotieren beginnen. Schlagartig wird dir klar, dass Zatanna eine Falle ausgelöst haben muss.

Schon in der nächsten Sekunde fliegen die Blumen hoch in die Luft, und als du auf sie zurennst, erkennst du, dass ihre Kanten scharf wie Rasierklingen sind. Zatanna, die das sirrende Geräusch der Blumen gehört hat, wirbelt herum, um zu sehen, was hinter ihr los ist. Dann hebt sie die Hände, als würde sie irgendeine Art von Zauber beschwören.

Wenn du den Blumen ausweichen willst,
lies weiter auf Seite 126.
Willst du Zatanna vor dem Angriff schützen,
fahre auf Seite 160 fort.

Fortsetzung von Seite 167

»Wenn wir den unterirdischen Gang nehmen, könnten wir den Riddler vielleicht überraschen«, sagst du zu Blue Beetle. »Ich bin sicher, er rechnet damit, dass wir übers Dach kommen.«

Ihr bahnt euch den Weg durch das dichte Gestrüpp aus Gräsern und Büschen, die um das Kraftwerk herum wachsen. Schon bald stoßt ihr auf ein altes Brett, das auf dem Boden liegt. Als du es beiseiteschiebst, entdeckst du darunter eine alte Brunnenabdeckung. Problemlos lässt sie sich aufstemmen, und im nächsten Moment klettert ihr bereits in die Finsternis hinab.

Als ihr den Grund des Brunnenlochs erreicht, stoßt ihr auf einen Tunneleingang. Um euch in der Finsternis zurechtzufinden, schaltest du deine Taschenlampe ein, während Blue Beetles Anzug hell aufleuchtet. Ihr seid noch keine zwanzig Meter in den Tunnel vorgedrungen, als dieser sich gabelt. Zu deiner Überraschung entdeckt ihr dort ein Schild, das in den Boden gerammt ist.

Willkommen, Batman! Ich hoffe, du hast Spaß an dem kleinen Labyrinth, das ich für dich vorbereitet habe. Dein Freund, der Riddler!

»Mann, der Typ denkt ja an alles«, sagt Blue Beetle.

»Er liebt es eben, Spielchen zu spielen«, erwiderst du.

Blue Beetles Anzug gibt einen Piepton von sich. »Der Anzug erstellt gerade einen Scan des unterirdischen Labyrinths für uns«, erklärt er. »Sieh nur.«

Aus einer im Brustteil von Blue Beetles Anzug integrierten Linse wird ein Hologramm projiziert. Deutlich zeigt es die Windungen und Verzweigungen eines unterirdischen Labyrinthes, das wie ein Fragezeichen geformt ist.

»Wow«, staunt Blue Beetle.

»Auf geht's«, sagst du.

Dank des Hologramms findet ihr leicht durch das Labyrinth. Als ihr das Ende des Fragezeichens erreicht, gelangt ihr an eine Tür. Blue Beetle will sie öffnen, aber du kannst ihn gerade noch rechtzeitig davon abhalten.

»Der Riddler scheint alle unsere Züge vorherzusehen«, sagst du. »Was, wenn er damit rechnet, dass wir durch diese Tür spaziert kommen?«

»Wir könnten uns stattdessen durch die Seitenwände hier sprengen«, schlägt Blue Beetle vor.

»Könnten wir«, gibst du ihm recht. »Aber das könnte auch den Tunnel zum Einsturz bringen.«

Wenn du dich durch die Labyrinthwände sprengen willst, lies auf Seite 158 weiter.
Gehst du lieber durch die Tür, fahre auf Seite 162 fort.

Fortsetzung von Seite 193

Du ziehst vorsichtig die Säge aus dem Ausrüstungsgürtel und beginnst, damit die Handschellen zu bearbeiten, während neben dir Bronze Tiger mit aller Macht versucht, sich zu befreien.

»Warum ein Bankraub, Pinguin?«, fragst du. »Ich dachte, du wolltest den Joker und den Riddler beeindrucken. Da kommt mir so eine Aktion doch ziemlich öde vor.«

»Nun, weißt du, Batman …«, beginnt der Pinguin, bevor er jedoch im nächsten Moment innehält. »Moment mal, was ist das für ein Geräusch?«

Einer von Pinguins Handlangern zeigt auf deine Hände. »Er versucht, die Handschellen zu zersägen!«

Der Pinguin runzelt die Stirn. »Genug gespielt, Batman. Frostet sie ein!«

Urplötzlich geben die Haken euch frei, und ihr fallt in den flüssigen Stickstoff.

Normalerweise würde dich ein Tauchbad in flüssigem Stickstoff gleich beim allerersten Kontakt umbringen. Aber der Pinguin muss eine spezielle Formel benutzt haben. Du bist zu Eis erstarrt … kannst keinen Teil deines Körpers rühren, aber bist immer noch am Leben. Wenn niemand kommt, um dich und Bronze Tiger zu retten, werdet ihr für immer lebende Statuen bleiben.

ENDE

Fortsetzung von Seite 163

»Ich komme zurück«, versprichst du Blue Beetle.

Du springst zur Tür. Als du sie öffnest, siehst du das grinsende Gesicht des Riddlers vor dir.

»Nett von dir, mal vorbeizuschauen, Batman«, sagt der Schurke, bevor er dich zurück in den Abgrund stößt. Du stürzt in die Tiefe und landest auf einer Kinderhüpfburg. Zum Glück fängt die Hüpfburg deinen Sturz ab. Dann aber erwacht an der Wand vor dir ein Bildschirm zum Leben, auf dem gleich darauf der Riddler und der Joker auftauchen.

Der Joker ist überrascht, dich hier zu sehen.

»Und nun sag es, Joker«, drängt der Riddler ihn ungeduldig. »Sag, dass ich gewonnen habe!«

»Na schön«, seufzt der Joker. »Du hast gewonnen.«

»Sobald ich hier rauskomme, gehört ihr beide zu den Verlierern!«, versprichst du.

ENDE

Fortsetzung von Seite 193

Du greifst nach dem Taser. Wenn es dir gelingt, eine negative Ladung zu erzeugen, könnte das die positive Ladung der Handschellen neutralisieren.

»Verrat mir eines, Pinguin«, sagst du, um ihn abzulenken. »Warum ausgerechnet ein Banküberfall? Ich dachte, du wolltest den Joker und den Riddler mit einem Megaverbrechen beeindrucken.«

»Oh, aber das ist doch nur der erste Banküberfall, Batman«, antwortet der Pinguin. »Schon bald werde ich jede Bank in Gotham City ausräumen. Diese Stadt wird mir gehören!«

Rasch presst du den Taser gegen die Handschellen.

BRIZZ! Die Handschellen schnappen auf. Mit nun freien Armen schwingst du deinen Oberkörper nach oben und löst die Riemen, mit denen deine Füße gefesselt sind.

»Haltet ihn auf!«, kreischt der Pinguin.

Ein Handlanger kommt auf dich zugestürmt. Du schleuderst einen Batarang auf ihn, der ihn rückwärts nach hinten fliegen lässt.

Damit bleibt dir gerade genug Zeit, um Bronze Tiger zu befreien. Du schwingst dich zu ihm herum, setzt mit dem Taser seine Handschellen außer Gefecht und springst über den Tank hinweg, bevor du im nächsten Moment sicher auf dem Boden landest.

Unter wildem Geschubse und Gedrängel fliehen der Pinguin und seine Gefolgsleute aus ihrem Unterschlupf. Bronze Tiger kommt neben dir heruntergesprungen. Ohne ein Wort zu verlieren, macht ihr euch an die Verfolgung.

Doch der Pinguin und seine Kumpane springen in den Lieferwagen und brausen davon, bevor ihr sie einholen könnt. Du drückst einen Knopf auf deinem Ausrüstungsgürtel, um das Batmobil zu holen. Ihr verliert kostbare Zeit.

»Warum dauert das so lange?«, knurrt Bronze Tiger neben dir, als das Batmobil auch schon direkt vor euch zum Halten kommt. Du wirfst deinem Partner einen triumphierenden Blick zu und springst in das Auto.

Du hast das Gefühl zu wissen, wohin der Pinguin unterwegs ist. Die nächstgelegene Bank ist weniger als eine Meile entfernt.

Als ihr sie erreicht, steht der Pinguin draußen vor seinem Lieferwagen.

»Verflucht, Batman!«, schimpft er und richtet seinen Regenschirm auf dich.

Enthält der Schirm noch mehr Betäubungsgas oder birgt er eine andere gefährliche Überraschung? Du musst dich richtig verteidigen – und zwar schnell.

Wenn du deinen Batschild zücken willst,
lies auf Seite 124 weiter.
Setzt du lieber eine Gasmaske auf,
mach auf Seite 153 weiter.

Fortsetzung von Seite 128

Blitzartig wird dir bewusst, dass du Zatanna sehr viel mehr vertraust als dem Joker, und vermutlich handelt es sich bei dem Bild im Spiegel nur um eine Illusion. Entschlossen zertrümmerst du das Glas mit der Faust, dass die Splitter in alle Richtungen fliegen.

Du blickst zurück, doch Zatanna ist nirgends zu entdecken. Vor dir befindet sich nun ein dunkler Gang. Mit ein bisschen Glück wird er dich zum Joker und den beiden entführten Wissenschaftlern führen. Du hoffst, dass Zatanna in Sicherheit ist, wo auch immer sie gerade stecken mag.

Du ziehst eine Taschenlampe aus deinem Ausrüstungsgürtel und bewegst dich in ihrem Lichtschein vorsichtig auf dem Gang voran. Nicht lange und du biegst nach links ab, dann nach rechts und endlich wieder nach links. So langsam beginnst du dich zu fragen, ob der Gang überhaupt irgendwo hinführt.

Schließlich gelangst du an eine Metalltür. Zu deiner Überraschung ist sie nicht verschlossen. Als du sie langsam öffnest, blickst du in einen stockfinsteren Raum.

Vorsichtig betrittst du ihn. Kaum bist du drinnen, knallt hinter dir die Tür zu, und im nächsten Moment ist alles in grelles Licht getaucht. Du wirbelst herum. Doch verblüfft musst du feststellen, dass die Tür verschwunden ist! Tatsächlich ist in dem kleinen Raum nirgendwo mehr eine Tür zu entdecken. Der einzige Gegenstand, auf den dein Blick fällt, ist ein großes Rad … ein Rad, wie man es an einer Kirmesbude findet.

Doch hier kann man bestimmt kein Kuscheltier gewinnen, wenn man es dreht. Und die Felder um das Rad herum sind nicht mit Buchstaben oder Nummern versehen – sondern mit Handlungsoptionen und Begriffen wie »Finde den Ausgang« und »Glücksbuzzer«.

Das Rad zu drehen ist das Allerletzte, was du willst. Du nimmst den Raum sorgfältig unter die Lupe, um vielleicht doch einen Weg nach draußen zu finden, aber es ist nichts zu entdecken. Seufzend betrachtest du das Rad. Wenn du jemals hier rauskommen willst, wirst du es wohl drehen müssen.

Wenn du das Rad nach links drehen willst,
lies auf Seite 139 weiter.
Willst du es nach rechts drehen,
geht es auf Seite 164 weiter.

Fortsetzung von Seite 163

Du wirst Blue Beetle nicht allein zurücklassen. Es muss einen Weg geben, ihn zu retten, ohne selbst wieder in die Patsche zu geraten.

Mit Hilfe deiner Taschenlampe untersuchst du die Umgebung. Dieser elektromagnetische Impuls ist ein Problem, das unbedingt gelöst werden muss, und von irgendwo her muss das Signal ja kommen …

Und dann siehst du es: ein kleines schwarzes Gerät, das in einer Ecke des Tunnelraums verborgen ist. Du greifst nach einem Batarang und schleuderst ihn auf das Ziel. In einem Funkenregen explodiert das Gerät.

Blue Beetles Anzug gibt ein Piepen von sich. »Hey, der Anzug funktioniert wieder«, berichtet Blue Beetle.

»Dann treffen wir uns an der Tür«, sagst du.

Während Blue Beetle dorthin fliegt, springst du von Pfahl zu Pfahl, um ans Ziel zu gelangen.

SPLITTER! KRACH! Zusammen tretet ihr die Tür ein.

Zu eurer Überraschung befindet sich der Riddler direkt dahinter. Der Gangster wird nach hinten geschleudert. Offensichtlich ist auch er überrascht, dich und Blue Beetle hier zu sehen.

Rasch stürzt du dich auf ihn und legst ihm Handschellen an.

»Netter Versuch, Riddler«, sagst du. »Aber leider nicht gut genug.«

Dein Funkgerät meldet sich mit einem Piepen. Es ist Flash.

»Batman! Ich habe den Joker erwischt. Und die Wissenschaftler sind in Sicherheit«, berichtet er.

»Gute Arbeit«, bedankst du dich.

»Hey, das bedeutet, dass alle drei Schurken geschnappt sind«, sagt Blue Beetle. »Cool.«

»Das hätte ich niemals ohne euch geschafft«, sagst du. »Danke.«

ENDE

Fortsetzung von Seite 142

»Ich werde mich niemals ergeben!«, schreist du.

SCHMETTER! Du verpasst den beiden Schlägern, die dich festhalten, gleichzeitig einen Hieb mit den Ellenbogen. Stöhnend krümmen sie sich zusammen.

PENG! Der Ballon auf dem Jahrmarktsspiel zerplatzt gerade in dem Moment, als Zatanna sich von ihren Fesseln befreit.

»ERUÄS UZ RESSAW!«

Die Säure verwandelt sich in Wasser, und Zatanna plumpst in das Fass.

Drei weitere Schlägertypen stürzen sich auf dich. So schnell du kannst, kümmerst du dich um sie.

RUMS! BOING! SCHMETTER!

Zatanna sagt einen weiteren Zauberspruch.

»SALG EGNIRPSREZ!«

Die Glaszelle, in der die beiden Wissenschaftler eingesperrt sind, zerspringt. Du blickst auf und siehst, dass Zatanna bereits beide Wissenschaftler am Arm gepackt hat.

»Ich kann sie hier rausbringen«, ruft sie dir zu.

Du nickst. »Ich kümmere mich um den Joker!«

»TROPSNART!«

Zatanna und die Wissenschaftler verschwinden. Alle Komplizen des Jokers liegen stöhnend auf dem Boden.

»Beeindruckend, Batman«, räumt der Joker ein. »Aber ich habe noch nicht zu Ende gespielt!«

Er schleudert eine Rauchbombe auf dich. Augenblicklich fängst du an zu husten und zu würgen und kannst nicht mehr die Hand vor Augen sehen.

Blitzschnell setzt du deine Wärmebildbrille auf. Nun kannst du die Körperumrisse des Jokers durch den Rauch hindurch erkennen. Er versucht, durch eine Falltür zu entkommen. Aber mit einem gewaltigen Satz springst du direkt hinter ihn und packst ihn am Kragen.

»Sorry, Joker«, sagst du. »Aber du hast verloren.«

Draußen hat Zatanna bereits die Polizei herbeigerufen. Du übergibst den Joker an den Polizeichef, Commissioner Gordon.

»Was für ein Tag, Batman«, sagt er. »Wir haben den Pinguin geschnappt, und die Liga der Gerechten hat uns gerade den Riddler serviert.«

»Gute Arbeit, Batman«, sagt Zatanna. »Wir sollten irgendwo hingehen und feiern.«

»Und wohin meinst du?«, fragst du.

Sie lächelt. »Egal, Hauptsache es ist kein Comedy-Club!«

ENDE

Fortsetzung von Seite 130

Flash vorauszuschicken, um nach Fallen Ausschau zu halten, hört sich für dich nach einer guten Idee an.

»In Ordnung«, sagst du. »Ich werde hier warten.«

In einem roten Blitz saust Flash in den Tunnel. Er ist noch nicht lange fort, als mit einem schrillen Piepen ein Alarmsignal im Tunnel losgeht.

Du weißt, wenn alles in Ordnung ist, wirst du Flash in Sekunden wiedersehen. Aber das tust du nicht. Jetzt hast du keine andere Wahl mehr: Du musst in den Tunnel hinein.

Mit Hilfe deiner Taschenlampe bewegst du dich vorsichtig durch den dunklen Gang voran. Doch nach über einem Kilometer hast du immer noch keine Spur von Flash gefunden.

Schließlich entdeckst du ihn doch. Er hat sich in einem fast unsichtbaren Netz verheddert, das von der Decke hängt.

»Sorry, Batman«, sagt er. »Ich war so schnell, dass ich es nicht gesehen habe.«

Du ziehst ein Messer und schneidest ihn rasch aus dem Netz. »Kein Problem. Wenigstens wissen wir jetzt, dass wir am richtigen Ort sind.«

Unter größter Vorsicht setzt ihr euren Weg durch den Tunnel fort, ohne auf weitere Fallen zu stoßen.

Dann gelangt ihr zu einer großen Metalltür. Sie ist verschlossen, aber es gelingt dir, sie zu öffnen, indem du das Schloss mit Hilfe einer kleinen Sprengladung in die Luft jagst.

Kaum ist die Tür offen, stürmen du und Flash auch schon in den dahinterliegenden Raum. Wie sich herausstellt, handelt es sich um eine Art Labor. Aber es ist verlassen.

»Der Alarm muss dem Joker verraten haben, dass wir hier sind«, sagst du.

»Ich werde ihn finden«, sagt Flash. Erneut saust er davon, nur um Sekunden später schon wieder zurückzukommen.

»Sieht aus, als wäre der Joker mit den beiden Wissenschaftlern entkommen«, berichtet er. »Sie müssen sich superschnell auf die Socken gemacht haben, nachdem die Falle ausgelöst wurde. Ich habe ihre Spur verloren.«

Du bist alles andere als glücklich. Könntest du

deine Wahl noch einmal treffen, würdest du dich vorsichtig durch den Tunnel voranarbeiten und nicht so überstürzt.

ENDE

Fortsetzung von Seite 157

Du packst den Fragezeichenstock des Riddlers und schleuderst das Ding quer durch den ganzen Raum, um dich dann sofort dem Pinguin zuzuwenden.

BRIZZZ! Ein Laserstrahl kommt aus der Regenschirmspitze geschossen. Du wirst voll vom Strahl erwischt und bist auf der Stelle gelähmt.

Nicht schon wieder, denkst du noch, als sich deine Augen auch schon gegen deinen Willen schließen.

»Willkommen im Superhelden-Museum! Treten Sie bitte nach rechts, um unsere neueste Attraktion zu bewundern: den wahren und einzigartigen Batman!«

Langsam öffnest du die Augen und stellst fest, dass du dich immer noch nicht bewegen kannst. Der Joker spricht in ein Megaphon und führt eine kleine Gruppe von Gangstern direkt auf dich zu. Hinter ihnen sind gerade weitere Schurken dabei, batzenweise Eintrittsgeld zu bezahlen.

Du bewegst die Augen nach rechts und links und siehst, dass du in einer lausigen Nachbildung der

Bathöhle stehst. Die Wände bestehen aus graugestrichenem Styropor. Ein Computer aus Pappe und Alufolie steht an einer Wandseite.

»Und hier seht ihr nun, wofür ihr euer Geld ausgegeben habt, Leute«, verkündet der Joker. »Der mächtige Batman in seiner natürlichen Umgebung. Das ist der Beweis dafür, dass ich der größte Gangster aller Zeiten bin!«

Wütend kommt der Pinguin herangewatschelt. »Was redest du da, Joker. Ich war derjenige, der Batman gefangen hat!«

Da springt der Riddler zwischen sie. »Löst mir dieses Rätsel, Kollegen! Warum können der Joker und der Pinguin nicht die größten Gangster aller Zeiten sein? Na, weil ich das bin!«

Du bist nicht sicher, was ärgerlicher ist … sich nicht bewegen zu können oder mit anhören zu müssen, wie diese drei Verlierer sich zanken. Du kannst einfach nur hoffen, dass Bronze Tiger nach dir sucht. Ohne Hilfe wirst du wohl nicht entkommen können.

ENDE

Fortsetzung von Seite 128

Blitzschnell wirbelst du herum und schleuderst einen Batarang auf Zatanna. Ein schockierter Ausdruck zeigt sich auf ihrem Gesicht.

»Batman, was soll …«

RUMMS! Der Batarang trifft sie und wirft sie um. Rückwärts schliddert sie über den Boden, bis sie geradewegs in eine Spiegelwand kracht.

Da Zatanna nicht mit deinem Angriff gerechnet hat, hat sie dich auch nicht mit einem Zauber belegt, um dich zu stoppen.

Verdutzt blickst du in den Spiegel zurück.

Dort ist Zatannas Bild immer noch zu sehen. Sie bricht in kicherndes Gelächter aus … das sich genau wie die Lache des Jokers anhört.

»Hä-hä-hä-hä-hä!«

Dann verblasst ihr Bild, und dir wird klar, dass man dich reingelegt hat. Zatannas Angriff war nur eine Illusion.

Hastig begibst du dich an Zatannas Seite und erkennst, dass sie schwerverletzt ist. Du bringst sie zurück in die Bathöhle, um dich um ihre Wunden zu kümmern. Den Joker wirst du später verfolgen müssen – wenn es dann nicht bereits zu spät ist.

ENDE

Fortsetzung von Seite 134

Blue Beetle und du schwingt euch ins Batmobil. Gleich darauf braust ihr auch schon durch Gotham City, doch es ist ein schöner Sommertag, und die Stadt ist voller Leute. Du brauchst länger als gedacht, um das Schwimmbad zu erreichen.

Als ihr ankommt, trefft ihr eine Menge wütender Leute in Badesachen an, die sich um das große Becken drängen. Ihr springt aus dem Batmobil, um der Sache nachzugehen. Kaum hat die Menge euch entdeckt, fangen die Leute laut an zu schreien.

»Jemand hat das ganze Wasser aus dem Pool gelassen«, beschwert sich ein kleines Mädchen. »Ich hab ihn genau gesehen!«

»Wir kommen zu spät!«, ruft Blue Beetle.

»Genauso hat es der Riddler geplant«, antwortest du. »Deswegen war sein erster Hinweis auch so vage. Er wollte uns erst einmal auf den Holzweg führen.«

»Irgendwo hier in der Nähe muss es einen weiteren Hinweis geben«, sagt Blue Beetle.

»Wenn ja, werden wir ihn finden«, versprichst du.

Ihr trennt euch. Weitere Leute kommen auf dich zu, um sich zu beschweren. Irgendwie scheinen alle zu glauben, dass nur du allein das Becken wieder füllen kannst.

»Ich bin sicher, dass die tüchtigen Leute von der Parkverwaltung den Pool bald wieder gefüllt haben werden«, versicherst du ihnen. »In der Zwischenzeit werdet ihr versuchen müssen, euch irgendwie anders abzukühlen.«

»Aber der Eiscremewagen hat keine Eiscreme mehr!«, jammert ein kleiner Junge, woraufhin eine Gruppe Kids prompt zu heulen anfängt.

So langsam bist du von der Aktion des Riddlers beeindruckt. Hat er es doch tatsächlich hinbekommen, allen in der Stadt das Leben zur Qual zu machen ... keine üble Leistung.

Dann siehst du plötzlich, wie sich einige Kids etwas abseits vom Pool einen Strandball zuspielen. Der Ball ist grün und weiß gestreift ... und obendrein mit lauter schwarzen Fragezeichen verziert.

Du erstarrst. Das ist das Zeichen des Riddlers! Der Hinweis befindet sich vermutlich im Ball – was bedeutet, dass er jeden Moment explodieren kann!

»Bin schon dran, Batman!«, schreit Blue Beetle. Ein blauer Schemen zischt in der Luft an dir vorbei, und im nächsten Moment hat sich dein Partner auch schon den Ball geschnappt und trägt ihn zum leeren Pool.

BUUUUM! Der Wasserball explodiert in seinen Händen, aber Blue Beetle ist durch seinen Anzug geschützt. In seiner Hand bleibt ein Stück Papier zurück. Blue Beetle kommt zu dir zurückgeflogen und händigt dir den Hinweis aus.

»Kannst du dieses Rätsel lösen, Batman? Wann sagt ein Baum auf Wiedersehen?«

»Wenn er seine Blätter abwirft!«, sagt Blue Beetle. »Das war ein ziemlich lahmer Versuch. Aber was soll das Ganze bloß bedeuten?«

»Die Blätter am Baum spenden den Leuten Schatten«, überlegst du laut. »Viele Bürger von Gotham City suchen Schatten im Stadtpark.«

»Jede Wette, dass der Riddler die Blätter von den Bäumen stehlen will!«, sagt Blue Beetle. »Wir sollten uns besser beeilen.«

Aber du hast eine andere Idee. »Wenn wir den Riddler besiegen wollen, müssen wir ihm einen Schritt voraus sein«, sagst du. »Er nimmt alles weg, was den Leuten Abkühlung bringt. Am Ende wird er bestimmt den Strom in der Stadt abschalten. Vielleicht sollten wir lieber geradewegs zum Kraftwerk.«

»Aber wenn wir das tun, werden alle Bäume im Park ihre Blätter verlieren!«, erinnert Blue Beetle dich.

Wenn du dich zum Park aufmachen willst,
lies weiter auf Seite 165.
Entscheidest du dich für das Kraftwerk,
fahre auf Seite 181 fort.